Auf uns alle.
Auf Mitmenschlichkeit.
Auf Augenhöhe.

AUF AUGENHÖHE

Herausgeber: Sven Flohr, FRIENDS CUP Förderverein e.V.

Autoren: Britta & Heinz-Gerhard Wilkens

Fotografie: Carlos Kella

SWAY BOOKS

Inhalt

Vorwort

Schon vor dem 10-jährigen Jubiläum der Bedürftigen-Weihnacht „Mehr als eine warme Mahlzeit“ im Pandemiejahr 2020 hatte Sven Flohr vom Vorstand des FRIENDS CUP Förderverein e. V. die Idee, das erste Jahrzehnt einer würdigen Veranstaltung für 450 Menschen in der Fischauktionshalle nachzuzeichnen. Ein Jahrzehnt mit unzähligen ehrenamtlichen und prominenten Helfern* und Menschen, mit denen – wie RTL-Moderatorin Linda Mürtz sagt – „es das Schicksal nicht immer gut gemeint hat, die aber nicht aufgeben.“ Sven bat mich, deren Geschichten aufzuschreiben, mit einer Haltung, die der Titel dieses Buches widerspiegelt: „AUF AUGENHÖHE“. Ihre zehn Porträts bilden das Herzstück der Publikation, die auch Menschen porträtiert, die als Partner das Projekt verlässlich unterstützen, die allwöchentlich in der Obdachlosenhilfe tätig sind und denen es als Prominente ein Herzenswunsch ist, Mitbürger in prekären Lebensverhältnissen in der Adventszeit einige unvergessliche Stunden zu bereiten.

Obwohl auch ich seit mehreren Jahren bei „Mehr als eine warme Mahlzeit“ dabei sein darf und mich seit Anfang 2020 beim DRK-Obdachlosenbus engagiere, waren die oft mehrstündigen Gespräche mit den drei Frauen und acht Männern eine Bildungsreise in mehrfacher Hinsicht. Das erste Ergebnis hat der langjährige Hinz&Kunzt-Geschäftsführer Jens Ade einmal in einen schlichten Satz gekleidet: „Obdachlosigkeit kann jedem passieren.“ Und so wurde auch ich konfrontiert mit unterschiedlichsten Brüchen in den Biografien, wo das Leben aus der Bahn geriet: die gescheiterte Ehe, toxische Beziehungen, zerrüttete Familienverhältnisse, der Jobverlust, schwere sexuelle und körperliche Missbrauchserfahrungen, psychiatrische Störungen oder Drogen-, Alkohol- und Spielsucht. Wer mit diesem Lebensgepäck an entscheidenden Weggabelungen immer richtig abgebogen wäre, möge sich über obdachlose, bedürftige und arme Mitbürger erheben. Mich haben die Lebensbeichten zu Abwärtsspiralen, die immer schneller an Fahrt aufnahmen, eher demütig gemacht.

Und noch eine Lektion habe ich verinnerlicht. Susanne Groth vom Verein „Leben im Abseits“ hat es einmal so formuliert: „Der soziale Tod ist schlimmer als die Obdachlosigkeit.“ Der Dialog AUF AUGENHÖHE ist daher ein Versprechen, das auch eine Verpflichtung nach sich zieht. Eine Lernkurve, die mich oft an eine Zustandsbeschreibung des Schriftstellers Max Frisch zum Abwerbeabkommen türkischer Gastarbeiter vor 60 Jahren hat denken lassen: „Wir riefen Arbeitskräfte und es kamen Menschen.“ Auch ich plante, mit Bedürftigen für ein Porträt zu sprechen, aber sie baten mich zudem bei ihren menschlichen Problemen um Hilfe: bei der Stiftung einer begleiteten Begegnung mit ihren in Pflegefamilien lebenden Kindern, bei der Anerkennung von Rentenpunkten aus einer geschiedenen Ehe, bei der Ablehnung des Erbes eines hochverschuldeten Vaters für die minderjährigen Kinder oder bei dem Umgang mit suizidalen Episoden.

Die verwundeten und wunderbaren Menschen, die ich kennenlernen durfte und die mir ihr Vertrauen schenkten, mir ihre Erfahrungen „auf Platte", in beengten und temporären Wohnverhältnissen sowie mit einem Leben am Existenzminimum offenbarten, haben meinen Blick nicht nur für das Leben auf der Straße, sondern auch für armutsbetroffene Gruppen nachhaltig verändert. Ich danke dem FRIENDS CUP Förderverein e.V. für die Idee zu diesem Buch, dem ich viele Leser wünsche und von dem ich hoffe, dass es Denkanstöße liefert und zu einem empathischeren sowie offeneren Zugang und Dialog mit Menschen am Rande der Gesellschaft motiviert. Das gebietet eigentlich schon eine genuin christliche Haltung der Nächstenliebe. Sprach Jesus doch zu seinen Jüngern: „Was ihr dem geringsten meiner Brüder getan habt, das habt ihr mir getan." (Mt 25,40).

Heinz-Gerhard Wilkens

* In diesem Buch verwenden wir weitestgehend das generische Maskulinum und schließen damit grundsätzlich alle Geschlechter mit ein. Mit „Helfer" sind also ebenso Helferinnen und Helfende gemeint. Uns geht es vor allem um die Menschen und um die Botschaft. Wir suchen nicht unnötig, was uns unterscheidet, sondern was uns verbindet. Zudem kommt unser Projekt aus Hamburg. Hier sind uns nicht nur die Elbe und die Alster wichtig, sondern auch der Lesefluss. Einfach nur deshalb verwenden wir also die männliche Form. Gemeint sind alle – auf Augenhöhe eben.

Mehr als eine warme Mahlzeit

Eine zehnjährige Lernkurve

Als ich 2010 bei meinem damaligen Sender alster radio 106!8 den Auftrag bekam, zusammen mit der Trabrennbahn in Hamburg-Bahrenfeld eine Bedürftigen-Weihnachtsfeier auszurichten, habe ich Aufwand und Logistik einer derartigen Veranstaltung völlig unterschätzt. Gottlob hatten wir ab Tag 1 Jens Timm, seinerzeit Gebietsleiter bei der Firma REWE, mit an Bord, der über REWE all jene Produkte und Artikel besorgt hat, die den Obdachlosen bis heute am Ende der Veranstaltung in einer großen Tasche mit auf den Weg gegeben werden. Er verfügte über die wichtigen Kontakte zur Industrie. Denn diese gefüllten Präsenttaschen sind von zentraler Bedeutung.

Unsere Überforderung damals lässt sich schon am Befüllen der Weihnachtstüten festmachen. Wir saßen also zu dritt oder viert am Veranstaltungsort in den Räumlichkeiten der Trabrennbahn im Hamburger Westen und planten, an einem Abend die Pack-Logistik zu bewältigen. Da hatte ich noch nicht verstanden, warum Jens Timm einfach nur lachte. Bald jedoch hatte ich es begriffen. Als ich um Mitternacht nach Hause fuhr, hatten wir die Spenden der REWE Partner noch nicht einmal ausgepackt. Ein einfaches Rechenexempel hätte uns jedoch helfen können. Bei 450 Gästen von der Straße, von denen jede und jeder zwischen 30 und 35 Produkte geschenkt bekommt, reden wir von bis zu 15.750 Einzelartikeln! Es mussten Industriepaletten ausgepackt und eine Packstraße eingerichtet werden, wir waren mit Verpackungsmüll konfrontiert, der unsere Vorstellungen sprengte. Am Ende lagen vor uns Berge von Beuteln, die wir von den Veranstaltern des W:O:A gespendet bekommen hatten, prall gefüllt und ineinander verhakt. Und die Veranstaltung selber hatten wir noch gar nicht in Angriff genommen. Auch ungeklärt: Wie bekommen wir die An- und Abreise in den Griff, also wie gelangen unsere Gäste von der Straße nach Bahrenfeld? Ich war dann mehr als erleichtert, als die Hamburger HOCHBAHN uns zusagte, die Bedürftigen aus der Stadt in den Hamburger Westen zu fahren. Und auf diese wesentliche Unterstützung des größten Verkehrsunternehmens der Stadt können wir bis heute zählen. Für den Ablauf der Bedürftigen-Weihnacht ist die gemeinsame Anreise und die zeitgleiche Verabschiedung aller von größter Bedeutung. Ebenso bin ich dankbar, dass wir bis heute auf eine intensive Begleitung der Medien bauen können, was nicht zuletzt unseren zahlreichen prominenten Unterstützern geschuldet und für die Sponsoren von großer Bedeutung ist. Zu Beginn zählten zehn Musiker, Schauspieler, Politiker, Entertainer und Moderatoren zu unserem Unterstützerkreis, der bis heute auf 45 VIP-Kellnerinnen und -Kellner je Event angewachsen ist. Bei deren Auswahl haben wir jedoch stets darauf geachtet, dass sie zum Thema der Veranstaltung passen und ihnen ihr Engagement eine Herzensangelegenheit ist. Ich erinnere mich etwa an die Schauspielerin Nina Bott, die im Rahmen einer Veranstaltung einer bedürftigen Familie spontan einen Kinderwagen geschenkt hat. Kurzum: „Mehr als eine warme Mahlzeit" ist kein Ort für Eigen-PR! In diesem Buch schildern zehn Prominente, warum sie sich alljährlich verlässlich engagieren und dass auch sie für sich aus dieser Erfahrung viel in den Alltag mitnehmen. Für die Gäste unserer Veranstaltung in der Adventszeit steht vor allem die Zeit im Vordergrund, die wir ihnen schenken: Zeit, um einmal zur Ruhe zu kommen, fern des grauen Alltags, Zeit, um im Warmen zu sitzen und zu entspannen.

Auch bei ihrer optimalen Versorgung haben wir eine Lernkurve hinter uns. So hatten wir zunächst u.a. Dosen in die Geschenktüten gelegt und uns nicht gefragt, ob unsere Gäste auf der Platte über einen Dosenöffner verfügen. Oder Taschenlampen mit Batterien ausgegeben, ohne zu reflektieren, was passiert, wenn die Energiespeicher leer sind. Also gehörten in den nächsten Jahren Dosen mit praktischem Aufreißdeckel oder Dynamotaschenlampen zu den Geschenken. Mittlerweile sind wir dazu übergegangen, neben den Tüten auch noch zum Ende der Veranstaltung Stationen mit Obst oder Kaffeebechern und -Gutscheinen aufzubauen. Auch beim Drei-Gänge-Menü mussten wir – gemeinsam mit Frank Buschmann, dem wunderbaren Küchenchef der Stacklies Catering & Events GmbH – einiges dazulernen, zumal wir zu Beginn den oft prekären Zahnstatus unserer Gäste und ihre religiöse Verortung unterschätzt hatten. Das bedeutet: Knusprige Ente kann ebenso wenig serviert werden wie – mit Rücksicht auf Bedürftige muslimischen Glaubens – Schweinebraten. Heute fokussieren wir auf Filets und Hühnerfleisch. Der Motor allen Tuns ist dabei die Dankbarkeit unserer Gäste. Es waren bisher zehn Jahre ohne negative Erlebnisse. Am Ende jeder Veranstaltung stellte sich immer ein gutes Gefühl ein, mit dem ich nach Hause gefahren bin. Im Gedächtnis verankert hat sich für mich ein Mann, der bei einer unserer ersten Veranstaltungen mit Tränen in den Augen vor mir stand und sagte: „Die Queen feiert auch nicht besser als ich heute Abend." Diese Rückmeldung zur festlich geschmückten Halle und den weihnachtlich dekorierten Tischen in der Fischauktionshalle, wo wir unsere Veranstaltung seit nunmehr acht Jahren durchführen, bekomme ich auch von vielen unserer ehrenamtlichen Helfer, die mir versichern, dass auch große Hamburger Unternehmen ihre Weihnachtsfeiern nicht würdiger gestalten als wir. Tatsächlich haben wir aber auch von Jahr zu Jahr die Qualität kontinuierlich gesteigert und festgestellt, dass es für Obdachlose und Bedürftige nicht enorm wichtig ist, ob Prominente im Kulturprogramm auftreten. Vielmehr wertschätzen sie die Teilnahme von Partnern, die Nutzwert stiften. Im Jahre 2019 hatten wir so Mitglieder der Barber Angels Brotherhood eingeladen, die den Gästen kostenlos die Haare geschnitten haben, oder einen Optiker, der Lesebrillen verschenkt hat.

Mehrwerte zu generieren, die 1:1 den Bedürftigen der Stadt zugutekommen, das sollte auch unsere Richtschnur für die Weiterentwicklung der Veranstaltung sein. Glücklich bin ich

über die bis zu 100 ehrenamtlichen Helfer vom FRIENDS CUP Förderverein e.V., die diese Veranstaltung tragen. Sie engagieren sich nicht nur als Kellnerinnen und Kellner, sondern schon Tage zuvor beim Packen der Geschenktüten oder beim Bestücken und Dekorieren der Altonaer Fischauktionshalle. Denn die flexible Veranstaltungs- und Event-Location ist ja zunächst einmal ein leerer Raum, mit dessen Beheizung wir drei Tage vor „Mehr als eine warme Mahlzeit“ beginnen müssen. Tische und Stühle müssen aufgebaut, Tischdecken und Leuchter verteilt, frisches Dekomaterial – von Tannenzweigen bis zu Nüssen und Orangen aus dem Hamburger Großmarkt – ansprechend drapiert werden. Kurzum: Schon am Abend vor der Veranstaltung ist die Halle komplett festlich geschmückt. Besonders zufrieden macht mich die Tatsache, dass wir im September 2021 zusammen mit der UNSER NORDEN STIFTUNG mit dem Barbecue für Bedürftige Hamburgs im REWE Center Altona erstmalig eine Sommer-Ausgabe von „Mehr als eine warme Mahlzeit“ erfolgreich etablieren konnten. Und neben diesem Grillfest habe ich die Vision, dass wir – sobald die Pandemie wirklich überwunden ist – die Bedürftigen-Weihnacht an zwei Tagen durchführen können.

Eines habe ich die letzten Jahre gelernt: Jeder Mensch kann im Rahmen seiner Möglichkeiten helfen. Ein Sprichwort sagt nicht ohne Grund „Es gibt es nichts Gutes, außer man tut es!“. Es ist nicht immer das Materielle, was zählt. Oftmals sind ein einfaches Gespräch auf Augenhöhe und Zeit, die man für einen bedürftigen Menschen investiert, sehr viel mehr Wert. Und eines dürfen wir alle nie vergessen: Jeden von uns kann es treffen. Der Weg in die Bedürftigkeit ist in der heutigen Gesellschaft kein weiter Weg.

Ich selbst danke an dieser Stelle allen, die uns die letzten Jahre begleitet haben. Nur durch euch ist es überhaupt möglich, dieses Herzensprojekt Jahr für Jahr umzusetzen.

Es gibt mehr als genug zu tun. Packen wir es an!

Sven Flohr
Initiator „Mehr als eine warme Mahlzeit“
Vorstand FRIENDS CUP Förderverein e.V.

Mehr als eine warme Mahlzeit
Mehr als eine warme Mahlzeit
Mehr als eine warme Mahlzeit
ROCK ANTENNE Hamburg
ROCK ANTENNE Hamburg
Hinz&Kunzt
FRIENDS CUP
Mehr als eine warme Mahlzeit

FULL METAL BAG

Mehr als eine warme Mahlzeit
Mehr als eine warme Mahlzeit

Mehr als eine warme Mahlzeit
Mehr als eine warme Mahlzeit

REWE

Das Team von Barber Angels.

Auch im Corona-Jahr 2020 im Advent verlässlich für die Bedürftigen vor Ort: Statt eines Drei-Gänge-Menüs gab es eine „Eine Tasche Glück“.

Lemmy (und Ronja)

Geboren am 20. Juli 1968 in Wittmund, Ostfriesland

Der Ostfriese aus Wittmund hat die Hinz&Kunzt-Verkäufernummer 2600 und seinen Stammplatz bei DESY in Bahrenfeld. Der Bruch im Leben kam für den Vater dreier Kinder und zweier Enkelkinder zur Jahrtausendwende.

„Die Menschen müssen mehr aufeinander zugehen …“

Heute hat Lemmy sein Leben wieder im Griff. Er hat sogar die schlimmste Corona-Phase, den Lockdown, finanziell überlebt. „Eine Zeit, als in der Innenstadt die Bedürftigen wirklich gehungert haben“, sagt er sichtlich betroffen. Gespart hatte Lemmy vor der Pandemie auf eine Waschmaschine und für die Hundekasse, ein Reservepolster für eine Lady auf vier Pfoten, die seit zehn Jahren seine treue Begleiterin ist. Nach Astrid Lindgrens Romanfigur aus der Mattisburg hat er sie liebevoll Ronja genannt, da sie ihm einst ein Brötchen vor der Nase weggeschnappt hat. Eine Räubertochter also.

Die Beziehung zwischen Herr und Hündin ist so innig, da er sie einst vor dem Tod gerettet hat. Er wurde Zeuge, als Ronja vor Karstadt in der Innenstadt totgetreten werden sollte. Er spricht von Bettelrumänen, die mit Welpen arbeiten und versuchen, sich älterer Vierbeiner zu entledigen. Lemmy rief die Polizei. Die Hündin kam zum Tierarzt, nach sechs Wochen gehörte Ronja ihm. Ein halbes Jahr kämpfte er gegen Ohrmilben, die sie heimgesucht hatten, und langsam glänzte auch das zuvor matte Fell wieder. „Jetzt ist Ronja mein Eisbrecher beim Hinz&Kunzt-Verkauf. Die Passanten lachen, da sie mir auf Handzeichen gehorcht. Ein Hund mit Fernbedienung!“

Lemmy, der Ostfriese aus Wittmund, hat die Verkäufernummer 2600 und seinen Stammplatz bei DESY in Bahrenfeld. Aber auch vor dem Passage Kino in der Mönckebergstraße bietet er das Straßenmagazin an. Da er das Ostfriesenplatt exzellent beherrscht und mit Hochdeutsch erst in der Grundschule in Berührung kam, steuern ihn immer auch wieder Stammkunden an, um mit ihm Plattdüütsk – so heißt das in seiner Heimat – zu snacken. „Der Kontakt mit ihnen ist das Schönste“, sagt der 53-Jährige. Lemmy verfügt über einen Realschulabschluss, liest gern und hat sogar zwei Berufe gelernt und diese bis zum Jahr 2000 auch ausgeübt: Zentralheizungs- und Lüftungsinstallateur.

Der Bruch im Leben kam für den Vater dreier Kinder und zweier Enkelkinder zur Jahrtausendwende. Das schmutzige Ende einer Ehe – „ausgezogen bis aufs letzte Hemd“ – verschlug ihn nach Hamburg. Die Tasche mit dem Nötigsten war schnell gepackt, doch in der Hansestadt winkten keine neuen Horizonte, sondern es folgte sein erster Absturz. „Ich habe draußen gepennt und wochenlang nicht geduscht.“ Lemmy wurde heroinabhängig, bis er nicht mehr konnte und 2003 einen Hausarzt konsultierte. Das Runterdosieren mit Tramal war eine Rosskur mit schlaflosen Nächten. Doch heute merkt man Lemmy seinen Stolz an, wenn er sagt: „Ich nehme seit 18 Jahren keine Drogen mehr.“ Er arbeitet sich zurück in seinen Job, bezieht eine kleine Wohnung in Wilhelmsburg, bis er vor zwei Jahren dann mit Alkohol sein neues Leben abermals verspielte.

Dank einer amtlich rechtlichen Zuweisung bekommt er im Pik As, Deutschlands ältester Obdachlosenunterkunft, ein Einzelzimmer, das er auch tagsüber nicht verlassen muss. Es ist jene Zeit, wo er auch montags und donnerstags mit dem DRK-Obdachlosenbus in Kontakt kommt. Heute berät er dort andere Bedürftige und hilft Monika Kelting dabei, vor Karstadt Mö Kleidungsstücke an sie zu verteilen. Auf Monika, eine langjährige Ehrenamtliche des Deutschen Roten Kreuzes, schwört Lemmy nicht erst, seitdem er die Brille ihres verstorbenen Mannes tragen darf. Und da es ihm jetzt wieder besser geht, findet er es „moralisch verwerflich“, an der DRK-Ausgabestelle Brote oder Suppen zu essen, da er diese lieber jenen zukommen lassen möchte, die deutlich schlechter dran sind als er.

Lemmy mit seiner treuen Wegbegleiterin Ronja; Stammplatz: DESY, HH-Bahrenfeld.

Lemmy wird sehr deutlich, wenn er auf die schlimmen Seiten des Lebens auf der Platte zu sprechen kommt, wo Obdachlose bedroht, beleidigt und bestohlen werden. Daher ist es – nicht zuletzt nach der Erfahrung der Pandemie – sein Traum, „dass die Menschen wieder mehr aufeinander zugehen. Mehr Menschen, als man denkt, sind auf sich allein gestellt.“ Im Schanzenviertel, wo Lemmy mit Ronja in einer auf Ebay-Kleinanzeigen gefundenen 1,5-Zimmer-Wohnung auf 33,5 Quadratmeter in einer ruhigen Sackgasse wohnt, seien die Menschen vorbildlich im Umgang miteinander. „Ich fühle mich hier gut aufgehoben. Und für unsere gemeinsamen Spaziergänge ist Wohlers Park ideal.“

Fotografieren ist Lemmys Hobby und Leidenschaft. Eines seiner Werke hängt im BrotRetter-Shop in Rothenburgsort und zwei weitere mit einem „alten Kahn“ konnte er zum Hinz&Kunzt-Kalender „Fotosafari 2020“ beisteuern. Im Jahre 2019 war er erstmals Gast bei „Mehr als eine warme Mahlzeit“. Für ihn bleibt es ein besonderer Abend – nicht nur, weil er dort mit dem kurz danach verstorbenen Harry Schulz eine Zigarette geraucht und geklönt hat. Fragt man Lemmy nach seinem Lebensmotto, so muss er nicht lange überlegen: „Niemals aufgeben!“ Schaut man auf seine bewegte Biografie, dann hat er sich gottlob daran gehalten.

PS: Den Waschvollautomaten, auf den Lemmy gespart hat und das finanzielle Polster dann wegen Corona doch auflösen musste, konnte ihm FRIENDS CUP dann im Juni 2020 übergeben. Der gelernte Klempner – große Freude! – hat die Maschine noch am selben Tag angeschlossen.

Fernanda

Geboren am 3. Mai 1983 in Belo Horizonte/Brasilien

Die brasilianisch-deutsche Sängerin, Tänzerin, Moderatorin und Fitnesstrainerin Fernanda Brandão wurde u. a. als Mitglied des Latino-Pop-Band Hot Banditoz, als Jurorin bei „Deutschland sucht den Superstar" und als WM-Korrespondentin der ARD für die Fußballweltmeisterschaft 2014 in ihrem Heimatland bekannt. Daneben schlägt ihr Herz für das indigene Volk der Huni Kuin im brasilianischen Regenwald, das sie seit vielen Jahren – etwa beim Brunnenbau – unterstützt und über das sie ein Buch geschrieben hat mit dem Titel „KAXINAWA – Meine Reise zurück zu mir". Nicht überraschend also, dass dieser empathischen Persönlichkeit das Engagement für „Mehr als eine warme Mahlzeit" und damit für Bedürftige und Obdachlose ein besonderes Anliegen ist.

„Ich komme aus einem Land, in dem die soziale Schere zwischen Arm und Reich sehr weit auseinanderklafft, wo das Thema ‚soziale Ungerechtigkeit' mir früh präsent war und ich mich immer gefragt habe, wie es jenen Menschen geht, die nicht am längeren Hebel sitzen. Als ich diese Situation dann auch in den USA und an meinem Wohnort Hamburg vorfand – am Hauptbahnhof, im Portugiesenviertel oder in der Schanze –, da habe ich mich gefragt, was ich gegen die Diskriminierung von Bedürftigen unternehmen kann.

FRIENDS

Denn noch immer sind dumme Vorurteile den Obdachlosen gegenüber weit verbreitet. Oft habe ich gehört, sie seien selber an ihrem Schicksal schuld, sie sollten lieber etwas aus sich machen. Wer so argumentiert, vergisst, dass hinter jedem Menschen auf der Straße eine Geschichte steht – auch hinter jeder Suchtgeschichte. Denn dieses Schicksal kann jede und jeden ereilen, auch den jetzt noch finanziell gut Aufgestellten und psychisch Stabilen.

Und so habe ich mich auf der Straße nicht selten mit gebildeten Menschen unterhalten, hinter denen ein Leben in Komfort und Luxus lag und die durch einen Schicksalsschlag, einen Verlust oder eine dramatische Wendung in ihrem Leben ihren Halt verloren, die mit der Situation aus eigener Kraft nicht mehr fertig wurden und abstürzten. Ich kann daher nur an unser aller Mitgefühl appellieren, diese Menschen nicht zu ignorieren, nicht an ihnen vorbeizulaufen. Nicht zu verdrängen, dass da ein Mensch liegt wie du und ich, der Hilfe benötigt. Und diese Hilfe ist nicht immer nur finanzieller Natur. Der Bedürftige möchte wahrgenommen werden und freut sich, wenn wir ihm wenigstens fünf Minuten unserer Zeit geben. Wenn sich unsere Blicke kreuzen, wenn wir ihm Gehör und Aufmerksamkeit schenken, vielleicht zum ersten Mal an diesem Tag oder in dieser Woche. Wir sollten nie vergessen, dass Obdachlose viele gemeine Dinge erleben, die wir gar nicht mitbekommen. Ihr Leben ist nicht selten mit einem Schamgefühl verbunden. Ihren Familien in anderen Städten oder Ländern spielen sie oft ein Doppelleben vor. Dazu ist es nicht ungefährlich, auf der Straße zu leben. Die Platte macht einen rauh und hart. Du musst mit Kälte und Hunger klarkommen. Die

Grundbedürfnisse sind nicht gedeckt, die hygienischen Bedingungen prekär, gerade für Frauen. Sie haben kaum die Möglichkeit, sich zu pflegen. Diese Menschen im Abseits sind sehr stark – wohl nur wenige von uns würden die Straße überleben.

Unsere Gesellschaft ist leider oft egoistisch, oberflächlich, kalt und leistungsorientiert. Wenn jemand nicht so funktioniert oder so gekleidet und gepflegt ist, wie wir es für richtig halten, wird er mit dem Ausschluss aus der Gemeinschaft bestraft. Das macht mich sehr traurig. Denn wo sollen diese Menschen ansetzen, um ins ‚normale' Leben zurückzukehren? Um einen Job zu bekommen, brauchst du eine Wohnung, um eine Bleibe zu finanzieren, benötigst du wieder Geld. Das aber hast du nicht, wenn du keine Arbeit findest. Es ist ein Teufelskreis. Aber jeder Mensch braucht das Gefühl, einen Ort zu haben, wo er sicher und geborgen ist. Daher freue ich mich, dass es in Hamburg tolle Menschen und Organisationen wie den Förderverein FRIENDS CUP e.V. gibt, die den Bedürftigen die Hand reichen, die erfahren sind und genau wissen, wo die Hilfe auch ankommt. Dass es Anlaufstellen gibt, von denen Betroffene unterstützt werden. Denn gottlob gibt es auch immer wieder ermutigende Beispiele von Menschen, die wieder Fuß fassen und die dann nicht mehr länger auf der Straße leben müssen.

Seit Jahren engagiere ich mich sehr gern für die Bedürftigen-Weihnachtsfeier ‚Mehr als eine warme Mahlzeit', da mir imponiert, dass hier die Obdachlosen im Vordergrund stehen, dass ihnen die ganze Aufmerksamkeit gilt, dass sie die Stars des Abends sind. Für sie wird ein Fest ausgerichtet, mit einem tollen Menü und einem schönen Abend mit vielen Programmpunkten und einer prall gefüllten Geschenktüte zu ihrer Freude. Wir alle kellnern für 450 besondere Menschen mit Leib und Seele. Für mich ist das eine Geste des Gebens und Zurückgebens. Ein Moment, um zu sagen: ‚Ihr seid wichtig! Ihr werdet geliebt! Wir sind hier für euch, auch wenn wir es nicht jeden Tag sein können.'

Ich wünsche den Veranstaltern, die mit viel Herzblut und Engagement bei der Sache sind, noch viele schöne und erfüllende Jahre. Es macht mich glücklich zu sehen, dass es Bürger gibt, denen es ein großes Anliegen ist, den Menschen von der Straße alljährlich eben viel ‚mehr' als nur eine warme Mahlzeit zu bereiten. Ich werde bei diesem magischen Abend auch in Zukunft verlässlich dabei sein."

Fernanda 2015 als gutgelaunte „Kellnerin" in der Fischauktionshalle.

Elsa

Geboren am 18. Mai 1939 in Saratow, ehemalige Wolgarepublik

Sie ist mit ihren 82 Jahren die älteste Hinz&Kunzt-Verkäuferin. Seit 15 Jahren vertreibt Elsa in Hamburg mit großer Freude das Straßenmagazin in der Eimsbütteler Kemenate, einem Tagestreff für Frauen, der zu ihrer zweiten Heimat geworden ist.

Babuschka kennt die ganze Stadt!

Ein Gespräch mit Elsa, der mit 82 Jahren ältesten Hinz&Kunzt-Verkäuferin, ist zunächst einmal ein Ausflug in die deutsch-russische Geschichte. Sie ist Nachkommin schwäbischer Auswanderer, die ab 1763 der Einladung der deutschstämmigen Zarin Katharina der Großen gefolgt waren, um in der späteren Wolgarepublik Steppengebiete zu kultivieren. Die in Saratow geborene Elsa war zwei Jahre alt, als Stalin, nach dem Angriff des Deutschen Reichs auf die Sowjetunion, die Wolgadeutsche Republik auflösen und die rund 400.000 Deutschen u. a. nach Sibirien deportieren ließ. Sie wurden der Kollaboration mit Nazideutschland bezichtigt. Elsas Familie fand eine neue „Heimat" in Nowosibirsk. Die Stadt stand bis 1957 unter strenger Kommandantur, mit Meldepflichten und Ausgangsbeschränkungen. „Ein Gefängnis ohne Reisefreiheit", sagt Elsa heute. Erst im Jahre 1964 erfolgte die vollständige Rehabilitierung der Russlanddeutschen, von denen sich allein zwischen 1990 und 2000 mehr als zwei Millionen nach Deutschland aufmachten, darunter auch Elsas Mutter, die 93-jährig dann in Nürnberg starb. Ihr war Elsa einst nach fünfjährigem Papierkrieg im Jahre 2001 nach Deutschland gefolgt. „Ich habe von Stalin bis Jelzin alle überlebt", sagt sie mit einem verschmitzten Lächeln.

Zwei Jahrzehnte ist Elsa, deren drei Kinder – zwei Söhne sowie eine Tochter – in Sibirien geboren sind, schon in Hamburg, wo sie sich wohlfühlt: „Eine so hübsche Stadt, weißt du", sagt sie mehrfach in unserem Gespräch. Sie ist geschieden, war aber 28 Jahre lang, wie sie betont, glücklich verheiratet. Die „sibirische Oma", wie sie oft genannt wird, ist Kind einer Künstlerfamilie und hat in Nowosibirsk als Diplom-Musiklehrerin Klavierunterricht gegeben. In die Tasten griff sie zum letzten Mal vor zehn Jahren in einer Kirche in Allermöhe, ihre schmerzende Arthrose macht es ihr seitdem unmöglich. Noch heute träumt sie von ihren glücklichen Stunden am Pianoforte.

Seit 15 Jahren verkauft Elsa in Hamburg mit großer Freude das Straßenmagazin in der Eimsbütteler Kemenate, einem Tagestreff für Frauen, der zu ihrer zweiten Heimat geworden ist. Hier schätzt sie, die zwischen 6.00 Uhr und 17.00 Uhr täglich die Stadt durchstreift, das breite Angebot, auch mit Kino- oder Zoobesuchen und vor allem mit Ausflügen ins Schwimmbad. Das kühle Nass im Kellinghusenbad gibt ihr, die nach einer Hüftfraktur vor 12 Jahren auf einen Rollator angewiesen ist, das Gefühl von Leichtigkeit und Freiheit. In der Kemenate liest Elsa, die einst Deutsch in der RACKOW-Schule erlernte, auch täglich das Hamburger Abendblatt, um ihre Sprachkenntnisse zu verbessern. Die Zeitung ist ihr einziger Nachrichtenkanal, da sie weder über ein Smartphone noch über ein TV- oder Radiogerät verfügt.

Elsa ist eine Dame mit ansteckend positiver Ausstrahlung und Lebenshaltung, obwohl ihre Wohnsituation seit zehn Jahren prekär und nur übergangsweise sicher ist. Wie gern hätte sie einen Platz in einer der sechs Hinz&Kunzt-Wohngemeinschaften im Stiftsviertel in St. Georg bekommen! Aber – bescheiden wie sie ist – freut sie sich erst einmal, dass sie eine einjährige Verlängerung für ihre 1-Zimmer-Bleibe mit Dusche in der Fördern & Wohnen-Wohnunterkunft für Geflüchtete und Wohnungslose im Holstenkamp in Bahrenfeld erhalten hat. Hier fühlt sie sich wohl bei den vielen jungen Menschen, für die sie aus Lieferungen der Hamburger Tafel schon mal die eine oder andere Überraschung mitbringt. „Sie nennen mich Babuschka

Elsa vor dem ehemaligen Standort von Hinz&Kunzt in der Altstädter Twiete.

(Großmutter) und Mama – aber so kennt mich die ganze Stadt", sagt Elsa strahlend.

Mit einer kleinen Spätaussiedler-Rente und dem Verkauf des Straßenmagazins schlägt sich Elsa durch und ordnet ihr jetziges Dasein vor dem Hintergrund einer harten Lebensgeschichte ein: „Verglichen mit dem, was ich erlebt habe – Hunger, Kälte und Krieg –, ist es hier das Paradies." Was sie auf die Palme bringt, ist die Ignoranz mancher Menschen der deutschen Geschichte gegenüber, wenn sie Sätze hört wie: „Du Russin, warum bist du gekommen? Hau ab, du Pennerin!" Und ebenso ärgert es sie, dass sie mitten im Lockdown an einem Sonntagmorgen um 6.00 Uhr – allein in einem S-Bahn-Abteil – von einem jungen Kontrolleur zu einer Strafzahlung von 40 Euro gezwungen wurde, weil sie eine nicht-medizinische Mund-Nasen-Bedeckung trug.

Aber die tief gläubige Elsa werfen solche Erlebnisse nicht aus der Bahn. „Ich bin so positiv, weil ich die richtigen Gene von meiner Mutter geerbt habe", sagt sie. Und ihre Wünsche gehen hoffentlich alle in Erfüllung: „Ich möchte weiterleben, mich mit Leuten unterhalten und vor allem meine Kinder und zwei Enkel wiedersehen." Zuletzt war sie vor acht Jahren bei ihrer Familie in Russland. Ihr russischer Pass ist abgelaufen, der Visaantrag läuft. Der Verlängerung der Papiere müssen die russischen Behörden zustimmen. Und dann sagt sie noch zum Abschluss: „Ich danke jeden Tag dem lieben Gott, dass der Kopf noch arbeitet." Die Begegnung mit Elsa, der warmherzigen Eiskönigin aus Sibirien, lässt mich fröhlich zurück. Und bei ihr stimmt die hebräische Bedeutung ihres Namens: die Gott verehrt.

Johannes

Geboren am 26. Dezember 1981 in Münster

Der Musiker, Sänger und Songwriter Johannes Oerding beherrscht alle Genres von Pop bis Soul. Seit 2009 hat er sechs Alben vorgelegt, für die er teils Goldene Schallplatten oder Platin-Auszeichnungen erhielt. Im Jahre 2018 wurde ihm der Live Entertainment Award für die beste Hallentournee des Jahres verliehen. 2021 ist er zum ersten Mal als Coach bei „The Voice of Germany" dabei. Bei „Mehr als eine warme Mahlzeit" ist Johannes Oerding ein alten Bekannter: Er unterstützte schon die erste Veranstaltung im Jahre 2010 auf der Trabrennbahn in Bahrenfeld. Und bei der letzten Bedurftigen-Weihnacht vor der Pandemie im Jahre 2019 war sein Lied „Blinde Passagiere" der Leitsong des Abends – inhaltlich bezogen ihn viele Gäste der Feier in der Adventszeit auf sich.

„Ich möchte mein Engagement gar nicht an meiner Position als Künstler festmachen. Grundsätzlich gibt es eine Bürgerpflicht oder -verantwortung jener, die mehr haben als andere, auch zu teilen. So bin ich erzogen worden und bin daher ein großer Verfechter einer solidarischen Gemeinschaft. Was ich für das Leben mitbekommen habe, das ist auch, bei aller gebotener Sensibilität für die Situation keine Berührungsängste im Umgang mit Menschen in prekären Verhältnissen zu entwickeln. Dazu kommt natürlich, dass ich als Künstler eine Reichweite habe, die Aufmerksamkeit für Themen vermitteln und zum aktiven Engagement ermuntern kann. Insofern hat ein Sänger, der auf der Bühne steht, auch noch eine größere Verantwortung, vielleicht auch mal Denkmuster zu durchbrechen oder auf Schicksale aufmerk-

sam zu machen – gerade auf jene der Obdachlosen, die quasi in einer Parallelwelt leben. An denen man vorbeiläuft, da sie vermeintlich zum Straßenbild dazugehören. Das ist natürlich völlig unmöglich, da es sich hier um Menschen handelt, die wir mehr in den Mittelpunkt der Gesellschaft rücken sollten. Wir merken ja gerade alle, wie die soziale Schere auseinandergeht. Daher sollte es unser aller Aufgabe sein, die Ränder zu stärken.

‚Mehr als eine warme Mahlzeit' ist über ein Jahrzehnt immer größer, professioneller und schöner geworden. Ja, es wurde in der Fischauktionshalle ein Wohlfühlort geschaffen. Darauf könnt ihr mächtig stolz sein, was ihr dort geschaffen habt. Es ist ein fester, etablierter Termin für Menschen, die sich riesig darauf freuen, dass ihnen in der Adventszeit ein schöner Abend bereitet wird. Weg von der Kälte auf der Straße, den schmutzigen Klamotten, der Bahnhofsmission. Hinein in einenen Abend des Austauschs mit Freunden bei einem warmen Essen.

Als Songwriter schreibt man manchmal seine eigene kleine Geschichte auf, alles rund um das Thema ‚Wie verbringt man hier auf der Erde seine Zeit? Wie sinnvoll nutzt man sie?' Das war mein Ansatz für den Song ‚Blinde Passagiere'. Und dass dann der Boomerang kommt, dass bedürftige Menschen aus diesem Song ihre eigene Geschichte herauslesen – verloren, umhertreibend durch die Straßen, nicht wissend, wann oder wo sie ankommen, wo sie hingehören – das war mir natürlich nicht bewusst beim Schreiben. Aber umso schöner ist es zu sehen, dass man einen Song auf die Reise schickt, der einem irgendwann auch nicht mehr gehört. Man lässt ein Lied los, und es besitzt jeder, der sich darin wiederfindet. Ich wollte mich mit dem Song aber auch wieder daran erinnern, dass es mir gut geht, dass ich in stabilen Verhältnissen aufgewachsen bin und dass es daneben Menschen gibt, die nichts dafür können, dass sie irgendwo hineingeraten sind. Ich muss einfach immer mal wieder solche Lieder schreiben, um zu verhindern, dass ich nur in meiner Blase unterwegs bin.

Ich bin viel in der Schanze oder St. Pauli unterwegs, wo sich die Wege von Latte-Macchiato-Trinkenden mit denen von Hinz&Kunzt-Verkäufern oder Bettlern kreuzen. Wo Menschen in Häusereingängen oder unter Brücken schlafen, sich auf den Treppen beim Spielbudenplatz die Zeit vertreiben. Manchmal finde ich es schade, dass die Lichter und Neonreklamen der Reeperbahn diese Realität einfach so überblenden, dass sie kaum noch wahrnehmbar ist. Ich kenne natürlich den einen oder anderen in meinem Kiez mit seinem festen Platz. Mich beunruhigt immer, wenn eine oder einer länger nicht mehr da war. Denn manche verschwinden einfach von der Bildfläche. Gottlob habe ich es aber auch erlebt, dass Menschen, die schwer krank oder am Boden zerstört waren, auch wieder ins Leben zurückgefunden haben und im JesusCenter oder bei der Hamburger Tafel mit Hand anlegen.

Präsent ist mir eine ältere, gepflegte Dame, die seit zehn Jahren mit ihrem Plastik-Sparschwein und einer dünnen Jacke – auch im Winter – vor einem Penny-Markt steht. Mein Impuls ist eigentlich, ihr eine dickere Jacke zu geben. Tatsächlich aber gebe ich ihr Geld. Es irritiert mich, dass vermeintlich ‚normale' Menschen, die auch im Büro arbeiten könnten, vor einem Supermarkt stehen und betteln. Ich denke, dass jeder Mensch helfen kann, was Bedürftige auch untereinander tun: mit Zweisamkeit oder gegenseitiger Unterstützung. Und sei es nur in der Kirche, wo wir eine Kerze anzünden und einen Euro stiften. Meine Hoffnung dabei ist, dass es eine ganzjährige Hilfe ist. Aber scheinbar benötigen wir immer die Adventszeit und Weihnachten sowie große Spendengalas. Daher ist die kontinuierliche Arbeit, wie der FRIENDS CUP Förderverein e.V. sie über das Jahr für gute Projekte leistet, so vorbildlich!

Ich erinnere mich an eine bewegende Begegnung mit einer Gruppe Punks, die auf den Treppenstufen des Parkhauses vor der Davidwache saßen und bettelten. Plötzlich sprang einer auf, outete sich als großer Fan von mir und zeigte mir seinen Hut mit zahlreichen Aufnähern und mit Sammlerstücken. Den wollte er gegen meinen Hut tauschen. Ich riet ihm dringend, den eigenen zu behalten. Da ich in Eile war, machten wir ein gemeinsames Foto. Und der Punk sagte mir, wie ihn mein Song ‚Alles brennt' berührt hätte, wo es heißt: ‚Doch zwischen schwarzen Wolken seh ich ein kleines bisschen Blau. Ich halt die Luft an, lauf über die Glut. Alles wird gut.'

Hamburg hält sich ja immer zugute, die schönste Stadt der Welt zu sein. Aber vieles wird aus dieser Postkartenidylle auch ausgeblendet. Daher sollte Politik viel mehr auf die Bedürftigen achten. Hamburg ist eine sehr reiche Stadt mit hoher Millionärsdichte. Es sollte ein Leichtes sein, Arm und Reich wieder näher zusammenzubringen. Aber auch wir Künstler sollten uns in noch viel größerem Umfang engagieren, mit anpacken und Verantwortung tragen."

Johannes Oerding ist von Anfang an dabei. Hier mit Musikerkollege Ingo Pohlmann (links) und Sven Flohr (Mitte) im Jahre 2013.

Jens

Geboren am 16. Juni 1976 in Rheda-Wiedenbrück/Nordrhein-Westfalen

Seine optimistische Grundeinstellung hat Jens bislang durch ein hartes Leben getragen. Der Einzelkämpfer mit großem Herz kommt im Herbst 2021 nach unsteten Jahren endlich zur Ruhe: in einer der sechs Hinz&Kunzt-Wohneinheiten im Stiftsviertel in St. Georg.

Mit Lottogewinn ein Haus für Obdachlose bauen

Im Corona-Jahr 1 erlangte der Geburtsort von Jens traurige Berühmtheit, als sich im Tönnies-Stammwerk 1.500 Schlachthofmitarbeiter mit Covid-19 infizierten. Rheda-Wiedenbrück sollte aber nicht lange die Heimat seiner Familie sein, zu der noch Bruder und Schwester zählen, zu denen aber bei vielen Umzügen der Kontakt abbrach. Als Schulschwänzer mit Sonderschulabschluss machte Jens später noch den Hauptschulabschluss in Bremerhaven, um eine Ausbildung zu beginnen. Aber dazu kam es nie. Der „Knacks" im Sinne Roger Willemsens kam mit einer gescheiterten Ehe in sein Leben, für die er seine eigene Wohnung aufgegeben hatte und nach der Scheidung plötzlich auf der Straße stand. Ein weiterer Stachel aus dieser Zeit: Einen Sohn und eine Tochter aus dieser Verbindung durfte er nie wiedersehen. Dafür hat Jens jetzt eine gute Freundin in Hannover, eine Beziehung, aus der die heute 14-jährige Tochter Finja hervorgegangen ist, die er regelmäßig sieht. Seine Augen leuchten, als er mir davon erzählt, dass er am Wochenende auf „Familienbesuch" in die niedersächsische Landeshauptstadt fährt.

Nach vielen Umzügen verschlug es Jens vor zehn Jahren nach Hamburg, weil er gehört hatte, dass es in der Hansestadt zahlreiche Hilfsangebote für Bedürftige gibt. Als er mal wieder in Altona „am Schnorren" war, sprach ihn der ehemalige Hinz&Kunzt-Geschäftsführer Jens Ade an und schlug ihm vor, fortan das Straßenmagazin zu vertreiben. Als Verkäufer mit der Nummer 5129, zunächst vor Karstadt Altona, dann vor Edeka am Großen Burstah und jetzt in der Eppendorfer Landstraße 41 vorm SchlemmerMarkt Struwe, war Jens die Hälfte seines Jahrzehnts an der Elbe auf Platte. Er beklagt die harte Zeit, wo es in Hamburg während der Jahre der Flüchtlingskrise für Menschen wie ihn praktisch unmöglich war, eine Wohnung zu bekommen. Den Schlafplatz teilte er sich über ein Jahr auch mit Dagmar und ihrem Sohn Dennis, die wir in diesem Buch ebenfalls vorstellen (S. 88–93). Sonst aber bezeichnet sich Jens als Einzelkämpfer im Großstadtdschungel. „Ich machte mein eigenes Ding, ging lieber allein schnorren, um das Geld nicht teilen zu müssen, und hatte meine Wege, so wie ich mir abends bei REWE in der Europa Passage Toast und Wurst geholt habe. Mein Motto ‚Nicht aufgeben!' habe ich immer im Hinterkopf."

Jens ist extrem höflich und fragt mich, ob er sich bei unserem Gespräch auf dem Domplatz eine Zigarette anzünden darf. Auch bei Karstadt in der Mönckebergstraße hatte er dereinst vorgefühlt, ob er vor dem Eingang nächtigen dür-

„Auf eine Zigarette mit Jens" vor dem Helmut-Schmidt-Haus am Domplatz/Hamburg-Altstadt

fe, wenn er ihn morgens sauber verlassen würde. Er durfte und behält diese Zeit in guter Erinnerung. Die hohe Frequenz an vorbeifahrenden Bussen und Polizeipatrouillen machte sein Nachtlager unter offenen Himmel zu einem sicheren Ort. „Ich hatte einen tiefen Schlaf und habe außer Energydrinks und Zigaretten weder Alkohol noch Drogen angerührt. Das hätte damals meinen Untergang bedeutet." Und neben einem täglichen Kaffee und Mittagessen in der TAS Bundesstraße sowie der abendlichen Versorgung durch den Mitternachtsbus auf der Mö gab es über die Jahre auch immer eine berührende Morgenbegrüßung. Beim Aufwachen standen stets Kaffee und ein Brötchen neben seinem Schlafsack. Den Spender dieser humanitären Geste hat Jens leider nie kennengelernt.

Obwohl Jens damals öfter für nur 3 Euro am ZOB duschen ging, war die hygienische Situation seines Lebens auf der Straße äußerst prekär. Und so kam das Ende der Obdachlosigkeit mit einem Unterschenkelgeschwür. Sein offenes Bein musste ein Jahr lang in der Krankenstube für Obdachlose stationär behandelt werden. Danach fand er Aufnahme im Wohncontainer-Projekt der Heilsarmee in Groß Borstel, wohnte teils in Wilhelmsburg sowie in Schwarzenbek und kam bei „Zwischenstopp Straße" der Hamburger Obdachlosenhilfe unter.

Bis er im Winter 2020/21 dank einer Spende aus der Industrie und eines Bündnisses von Hilfsorganisationen der Obdachlosenarbeit in einem Altonaer Hotel zur Ruhe fand. Dieses Hotelprogramm, da ist sich Jens sicher, hätte man noch deutlich ausweiten müssen, was auch den Beherbergungs-Einrichtungen, die im Pandemiejahr keine Einkünfte generieren konnten, zugutegekommen wäre. Jens schaut sich – zumal in Corona-Zeiten – alle Senats-Pressekonferenzen an und kommt daher zu einer deutlichen Forderung: „Es ist für viele Projekte so viel Geld da. Warum kümmert sich die Sozialbehörde nicht mehr um die Obdachlosen?“

In die Sammelunterkünfte des Winternotprogramms möchte er auf keinen Fall noch einmal zurück, zumal ihm dort schon mal nachts sein Geld gestohlen wurde. „Hier kommst du wegen lärmender Alkoholiker nicht in den Schlaf. Dann musst du in deinen Klamotten schlafen, sonst sind am nächsten Morgen Pullover, Hose und Schuhe weg“, sagt Jens, der in Corona-Zeiten eine Massenunterbringung ohnehin für unverantwortlich hält, was die Covid-19-Fälle und Quarantäneanordnungen in einer Wohnunterkunft im Winter ja auch gezeigt hätten.

Überhaupt war Corona eine schwere Prüfung für alle Bedürftigen der Stadt. Jens hat sich über das antizyklische Sammeln von Flaschen ein Zubrot verdient. Schließlich war er bereits während des G20-Gipfels auf die Idee gekommen, rund um Demonstrationen Leergut zu sammeln. Auch wenn er nie wieder an einem Tag auf jene fünf Einkaufswagen gekommen ist wie beim Treffen der Industrie- und Schwellenländer in der Hansestadt: Es gab auch während der Pandemie genügend Aufmärsche – von Querdenkern bis zu Fridays for Future. Mit dem Ende der Corona-Beschränkungen freut sich Jens schon auf weitere Großveranstaltungen in der Stadt.

Sein Weihnachten 2020 war gerettet, als er von Hinz&Kunzt erfuhr, dass er im Anschluss an die Hotelunterbringung ab September 2021 in eine jener sechs Wohneinheiten im Stiftsviertel in St. Georg ziehen kann, die dann 24 Hinz&Künztler beherbergen werden. Stolz kramt er die Mai-21-Ausgabe des Straßenmagazins aus seinem Rucksack und zeigt mir die geschmackvollen Raum- und Möbelentwürfe. Ein eigenes Schlafzimmer bei gemeinschaftlich genutzter Küche und Wohnzimmer für je vier Personen: Sein Traum geht in Erfüllung.

Apropos Weihnachten: Schon fünfmal war Jens Gast bei „Mehr als eine warme Mahlzeit“. Er hat die Veranstaltung in der Fischauktionshalle in richtig schöner Erinnerung: Man bekommt schnell Kontakt, auch zu anderen Bedürftigen, die man noch nicht kennt. Und dass die Stars sich so viel Zeit nehmen und uns so nah sind, ist ein besonderes Erlebnis.“

Da Hinz&Kunzt Jens bislang so viel Glück gebracht hat, läuft derzeit seine Bewerbung für einen Job im Vertrieb beim Straßenmagazin. „Wenn das klappt, fahre ich auch zweimal wöchentlich mit dem Bollerwagen durch die Stadt und schenke Kaffee aus“, sagt er lächelnd – und hat dann noch einen ganz großen Wunsch in petto: „Wenn ich im Lotto richtig viel Geld gewinne, kaufe ich mir eine Wohnung und baue ein großes Haus, in dem ich viele Obdachlose unterbringen kann.“

Rolf

Geboren am 5. August 1949 in Aurich

Rolf Harald Fuhrmann, kurz „Rollo“ genannt, war ursprünglich Lehrer der Sekundarstufe I für Deutsch und Geografie. Im Jahr 1991 bewarb er sich bei Premiere – dem heutigen Sky Deutschland –, wo er bis 2017 beschäftigt war. Er war im Bereich Sport als sogenannter Field-Reporter tätig und interviewte vor allem Fußballer am Spielfeldrand.

Das Projekt „Mehr als eine warme Mahlzeit“ unterstützt der Sportmoderator seit Anbeginn: „Ich bin bei dieser Aktion dabei, weil ich es einfach wichtig finde, Menschen, die so gut wie nichts mehr haben, wenigstens ab und an zu helfen, soweit ich es eben kann. Das gilt sowohl für das Obdachlosen-Weihnachtsessen als auch für viele andere Aktionen. Mir ist bewusst, dass meine Aktivitäten nur ein Tropfen auf dem heißen Stein sind. Aber man weiß ja: Steter Tropfen höhlt den Stein. Darum finde ich jegliche Form der Unterstützung unglaublich wichtig.

Jedes Jahr in der Vorweihnachtszeit ist der Abend in der Fischauktionshalle für mich ein Erlebnis der besonderen Art. In die dankbaren Augen zu schauen, mit den Obdachlosen zu reden und sie beschenken zu können, ist einfach großartig! Gemeinsam mit vielen anderen wunderbaren Menschen können wir einen wertschätzenden Abend für Bedürftige gestalten. Darum gilt mein großer Dank allen Helfern, den vielen Sponsoren und vor allem Sven Flohr.

Auch mein Job bei Premiere bzw. Sky hatte immer mit Menschen, ihren aktuellen Lebenssituationen, ihren Siegen und Niederlagen, ihren Gefühlen und mit ihrem Denken zu tun. Das Gleiche gilt für die empathische Arbeit und Unterstützung für jene Menschen, denen es nicht so gut geht. Letztendlich geht es um Empathie, um Zugewandheit und Wertschätzung – sei es bei Sportlern oder Bedürftigen.

Mein großer Wunsch ist es, dass die Politik und die Zivilgesellschaft es gemeinsam schaffen, dass es keine Obdachlosen mehr gibt.

Nachdem ‚Mehr als eine warme Mahlzeit‘ zum 10-jährigen Jubiläum nicht als Weihnachtsessen durchgeführt werden konnte, wünsche ich uns allen 2021 ein hoffentlich tolles Fest, auch in diesen Pandemiezeiten.

REWE

Jürgen

Geboren am 20. März 1963 in Rheinsberg/Brandenburg

Der 58-jährige FC St. Pauli-Fan hat einst als DDR-Fallschirmspringer „rübergemacht“ und sogar schon Papst Franziskus getroffen.

pokalsiegerbesieger
FC ST. PAULI
1910
2002

„Mein Traum? Küster in einer Kirchengemeinde."

Wenn wöchentlich jeweils montags und donnerstags der Bus der DRK-Obdachlosenhilfe um 20.00 Uhr vor Karstadt in der Mönckebergstraße Station macht, ist Jürgen schon vor Ort, hat einen Müllbeutel an seinem Hackenporsche befestigt und kordelt die Ausgabestation für die Bedürftigen mit rot-weißem Flatterband ab, hilft beim Aufbauen der Tische und achtet auf die Abstände in Corona-Zeiten sowie auf die Disziplin beim Anstehen für die geschmierten Brote, für Getränke, Süßigkeiten, Kleidung, Schlafsäcke und Hundefutter. Er wirkt dabei manchmal schroff, hat aber ein großes Herz und fordert nur Respekt und Gerechtigkeit ein. Für die ehrenamtlichen Helfer des Deutschen Roten Kreuzes ist Jürgen eine Bank. Dass er an diesen Tagen manchmal selbst keine Lebensmittel annimmt, kommentiert er großherzig: „Weil ich an die Mitmenschen denke."

Geboren wurde der 58-Jährige im brandenburgischen Rheinsberg im Ruppiner Seenland, das schon Theodor Fontane wegen seines Schlosses in so malerischer Lage am Grienericksee in den „Wanderungen durch die Mark Brandenburg" beschrieben hat. Kurt Tucholsky widmete dem Ort eine moderne Idylle und Friedrich der Große verbrachte hier als Kronprinz die glücklichste Zeit seines Lebens. Noch heute wohnen Jürgens Schwester und Bruder dort; der Kontakt beschränkt sich jedoch auf Telefonate.

Jürgen musste bereits viele Schicksalsschläge ein- und wegstecken. Als Jugendlicher verlor er 1979 seinen Vater. Dieser fiel im harten Winter während des Auftauens einer Wasserpumpe in seine Arme und verstarb. Ein weiterer schwerer Verlust war der Tod seiner Frau im Jahr 2003 infolge ihrer Leberzirrhose. Rückblickend war dies für ihn der Auslöser seines Absturzes. Seinen Schmerz als Witwer betäubte er zwei Wochen lang mit Wodka, zudem schwer mitgenommen durch den dritten Schlaganfall nach 1994 und 1998. Erst der vierte Apoplex am Heiligabend 2013 war für ihn das Signal zur Umkehr. „Ich wollte weiterleben", so ordnet er heute diesen Schritt ein. Nach zehn Tagen in der Medizinischen Hochschule Hannover absolvierte er eine Reha in Offenbach und trinkt seitdem nur noch gelegentlich etwas Alkohol.

Jürgens zweite Frau setzte ihm in ihren manisch-depressiven Phasen mehrfach das Messer an den Hals. Noch heute spricht der sanfte Riese schamvoll davon, dass er – um sein Leben zu retten – Gewalt gegen sie angewendet hat. Dennoch wurmt es ihn, dass er für diese Notwehr eine Bewährungsstrafe erhielt. Im Jahre 2019 verlor Jürgen auch seine Mutter, die 79-jährig an einem Magendurchbruch verstarb.

Als Kind der DDR wurde Jürgen zum Fallschirmjäger ausgebildet – straffer Drill „nach Nazi-Methoden", wie er heute sagt. Gleichwohl eröffnete ihm seine Spezialisierung in der Nationalen Volksarmee drei Jahre vor dem Mauerfall die Flucht in den Westen. Bei einem Trainingsflug im Jahre 1986 entlang der deutsch-deutschen Grenze sprang er bei günstigem Ostwind mit zehn Kameraden einfach ab. Es verschlug ihn zunächst nach Frankfurt a. M., dann nach Hannover, wo er auch in der Obdachlosenhilfe arbeitete und mit einem Pastor Männerwohnheime mit Hilfsgütern belieferte. In einer Kirchengemeinde in Burgdorf, wo er auch eine kleine Wohnung hatte, leistete er für fünfeinhalb Jahre Sozialstunden ab und verkaufte zudem das dortige Straßenmagazin „Asphalt" des Diakonischen Werks. Jürgen ist ein gläubiger evangelischer Christ und war auch 2016 zum Ende des „Jahres der Barmherzigkeit" mit einer Delegation von 70 (ehemaligen) Wohnungslosen bei Papst Franziskus. Seine Augen strahlen, wenn er auf die Frage nach seinem größten Wunsch antwortet: „Ich würde gern als Küster in einer Kirchengemeinde arbeiten." Seit 2014 ist Jürgen in Hamburg, wo er sich von der Platte und über das Pik As bis zu einer Wohnung in Neuwiedenthal hoch-

Hinz&Künztler Jürgen am Ida-Ehre-Platz in der Nähe seiner Verkaufsstelle vor dem Passage Kino in der Mönckebergstraße.

gearbeitet hat. Sein Lichtblick heute ist Freundin Steffi (43), mit der er sich eine 2-Zimmer-Wohnung in der Schanze teilt. Steffis psychischer Zustand ist labil, seit man ihre Kinder, heute neun und zwölf Jahre alt, schon im Säuglingsalter an Pflegefamilien vermittelt hat. Im Juli 2021 hat nach vielen Jahren der Trennung wieder eine erste begleitete Begegnung mit Sohn und Tochter in Rheinland-Pfalz stattgefunden.

Die Corona-Zeit stellte auch Jürgens Leben auf eine harte Probe. „Die sechs Wochen im März und April 2020 waren die Hölle", sagt er. Alles sei für ihn als Hinz&Kunzt-Verkäufer mit der Nummer 5788 weggebrochen. Keine Laufkundschaft in der Innenstadt, wo er das Straßenmagazin meist vor dem Passage Kino verkauft, keine Veranstaltungen – etwa in der Patriotischen Gesellschaft –, bei denen man Besuchern das Straßenmagazin anbieten konnte. Liebevoll spricht er von „seinen Kunden", mit denen ins Gespräch zu kommen eine tägliche Freude sei. Im Sommer 2020 ärgern Jürgen vor allem die Sorglosigkeit und Ignoranz jener, die die Hygieneregeln ignorieren, die bis vier Uhr morgens vor seiner Wohnung im Schanzenviertel dicht gedrängt cornern und in den Hauseingang urinieren. Die eine oder andere Wasserbombe musste er da schon werfen. Und ein Dauerthema, das ihn böse macht, sind jene häufig aggressiv auftretenden sogenannten Hinz&Kunzt-Anbieter, die ohne Verkaufsausweis operieren. Sie schädigen den guten Ruf des Projekts und verschärfen den Konkurrenzdruck.

Der FC St. Pauli-Fan Jürgen, ein Mann mit rauer Schale und sozialem Gewissen, möchte noch einmal im Leben ein Spiel am Millerntor verfolgen, was ihm finanziell bislang nicht möglich war. Und gesellschaftlich ist für ihn Thema Nummer 1 die Armutsbekämpfung.

Monika

Geboren am 28. Mai 1946 in Hamburg

Die Mutter Teresa der Obdachlosenhilfe

Monika Kelting (75) ist eine kleine, patente Frau mit anpackendem Wesen und dem Herz auf dem rechten Fleck. Und sie ist DAS Gesicht der spendenbasierten Obdachlosenhilfe vom Kreisverband Nordost des Deutschen Roten Kreuzes in Hamburg, der sich das Motto „Moin Menschlichkeit" gegeben hat. Als ich sie erstmals im Dezember 2019 bei Ulf Ansorge im NDR „Hamburg Journal" sah, wo sie um Helfer für den Kältebus warb, war es um mich geschehen. Seit Januar 2020 gehöre ich als Fahrer zu einem ihrer Teams mit meiner ehemaligen Arbeitskollegin Silke Hirschfeld. Respektvoll nennen wir sie „Chefin", weil Monika vorlebt, was es heißt, ehrenamtlich an bis zu vier Tagen die Woche auf Augenhöhe für Bedürftige da zu sein, ob montags und donnerstags am Gerhart-Hauptmann-Platz vor Karstadt in der Mönckebergstraße bei der Essens- und Kleiderausgabe oder bei den sogenannten „Wassertouren" im Sommer am Mittwoch und am Sonntag, die sie initiiert hat, damit die „Obis", wie sie ihre Gäste liebevoll nennt, auch an heißen Tagen bei nur beschämend wenigen öffentlichen Trinkbrunnen in Hamburg an die lebenswichtige Flüssigkeitszufuhr kommen. In einem Alter, wo andere bereits im zehnten Jahr ihren Ruhestand genießen, reißt Moni, wie sie alle nennen, wöchentlich um die 40 Ehrenamtsstunden ab. Viele der Porträts in diesem Werk sind nur durch ihre Vermittlung zustande gekommen. Ihre Kunden am Bus vertrauen ihr blind, und so bedurfte es keiner Überzeugungsarbeit meinerseits, dass das Buchprojekt eine gute Sache ist.

Die gebürtige Hamburgerin hat zwei Kinder und zwei Enkelkinder, ist seit 55 Jahren Fußpflegerin und konnte schon beruflich älteren Menschen, die ihre Kunden waren, immer mal unter die Arme greifen, etwa durch Besorgungen und andere Dienstleistungen. Aber ihr Herzenswunsch, in größerem Stil Sinnstiftendes zu tun, ließ sich lange Zeit nicht umsetzen, da ihr das große Familienhaus zu viel Arbeit machte. Als dieses endlich verkauft und eine Wohnung bezogen war, konnte sie ihren Kundenstamm langsam redu-

zieren und sich zeitliche Freiräume schaffen. Als sie dann noch einen TV-Beitrag über den Mitternachtsbus der Diakonie sah, stand für Moni fest: „Das will ich machen!" Doch da man sie dort zu der Zeit nicht wollte, besuchte sie die AKTIVOLI-FreiwilligenBörse, kam mit der DRK-Obdachlosenhilfe in Kontakt und saß im Januar 2010 schon eine Woche später auf dem Bus. Das war auch im Oktober 2019 so, als ihr Mann starb: Nur sieben Tage nach der Beerdigung fuhr sie wieder mit raus – es war Ablenkung und Trauerverarbeitung zugleich. Die Entscheidung für ihr Ehrenamt hat sie noch nie bereut, da sie beim Deutschen Roten Kreuz große Gestaltungsmöglichkeiten hat. Und hier kämpft sie für ihre Zielgruppe wie eine Löwin. Monika ist bestens vernetzt und Ansprechpartnerin für alle im DRK. Die Bezeichnung „Mutter der Kompanie" schätzt sie ebenso wenig wie andere wertschätzende Zuschreibungen. Ihr geht es um die Sache, um ihre Gäste am Bus, und sie sagt trocken: „Ich hatte schon immer große Sympathie für Menschen im Abseits und bin bereits in der Schule bei Prügeleien immer dazwischengegangen, ohne Angst."

Nein, ängstlich ist Moni keineswegs, was sie auch während der Corona-Lockdowns unter Beweis stellte, wo sie – als Vertreterin der sogenannten vulnerablen Gruppe – allen Grund gehabt hätte, sich bis zur Impfung von der Straßenarbeit zurückzuziehen, was wesentlich jüngere Helferinnen und Helfer für längere Zeit auch taten. Noch heute ist ihr der Moment im März 2020 sehr präsent, als die Hilfsorganisationen den Hinweis bekamen, die Versorgungstouren für Obdachlose und Bedürftige der Stadt zu beenden. Ihr Auftrag: noch einmal rausfahren und nur noch Zettel zur Einstellung aller Aktivitäten verteilen. Moni ließ jedoch nur vier Touren ausfallen und verteilte zu Beginn der Durststrecke nicht nur Zettel mit der Hiobsbotschaft, sondern kaufte für 200 Euro aus ihrer privaten „Kriegskasse" Nützliches in den von Hamsterkäufen regalleeren Supermärkten auf, um es an ihre Obis zu verteilen. „Ich konnte eine Woche nicht schlafen", sagt sie heute über diese düstere Zeit, in der ihr große Männer mit Tränen in den Augen gegenüberstanden, von Existenzsorgen geplagt. Die Hamburger Morgenpost hat Monika Kelting in ihrer Weihnachtsausgabe 2020 zu Recht ein zweiseitiges Porträt als „Heldin der Pandemie" gewidmet.

Ihre zugewandte, empathische, unermüdliche sowie anerkannt verlässliche Arbeit geht dabei weit über das Kaffeekochen, Broteschmieren und Beladen des Obdachlosenbusses in der Gustav-Adolf-Straße in Hamburg-Marienthal hinaus. Moni sucht für die Verteilaktionen vormittags nach Schnäppchen in Supermärkten oder schaut bei der Hamburger Tafel vorbei, sammelt und sortiert wöchentlich in dreien ihrer Kellerräume Berge von Kleidung, die ihr Bekannte, Verwandte und Freunde zuführen und die jahreszeitengemäß mit auf den Touren verteilt werden. Nur durch die ständig umgeklappte Rückbank ihres VW Polo ist es ihr möglich, allwöchentlich die Mengen an Hilfsgütern zu transportieren. Und last not least erfüllt sie auch Sonderwünsche ihrer Kunden. Da kommt es schon mal vor, dass eine Bekannte eine Mikrowelle stiftet, wenn ein Bedürftiger eine kleine Wohnung erhalten hat. Natürlich macht es ihr auch großen Spaß, Rundmails zu schreiben und Möbel oder Küchengeräte einzuwerben, wenn Obdachlose es endlich geschafft haben, ein Dach über dem Kopf zu erhalten. Zudem initiiert Moni immer wieder auch besondere Erlebnisse für die Bedürftigen, wie die von Ehrenamtlichen und Freunden gepackten Pakete der Aktion „Ostern im Schuhkarton", wie Abende mit Eis Charlie, die Hamburger-Verkostung mit burger*me* oder die Advents-Geschenkeverteilung mit dem Weihnachtsmann. Die großzügigen Spenden von FRIENDS CUP Förderverein e.V. oder den Störtebeker Liekendeeler, von Kerzissimo und Candy World machen das mit möglich und sind sehr willkommen.

Eine gestreamte FRIENDS CUP Förderverein e.V. Live Show im Mai 2020 führte zu einem sagenhaften Spendenergebnis von 5.000 Euro für die DRK-Obdachlosenhilfe. Sven Flohr, Vorstand des Fördervereins, überreichte den Scheck an eine überglückliche Monika Kelting.

Für Moni ist das ein Geben und Nehmen. Und so packte sie bei der Weihnachtstaschenausgabe von „Mehr als eine warme Mahlzeit“ im Dezember 2020 ebenso mit an wie beim Sommer-Barbecue der Unser Norden Stiftung im REWE Center Altona im September 2021.

Moni ist auch in ihrer Freizeit eine sympathische Lobbyistin für ihre Zielgruppe. Da kommt durch eine „Statt-Blumen“-Spende bei einer Beerdigung schon mal ein großer vierstelliger Betrag zusammen. Da motiviert sie eine ältere Dame bei der Fußpflege auch zu einer kleinen Spende, indem sie ihr aufzeigt, wie viele Scheiben Mettwurst davon gekauft werden können, damit Obdachlose mit der einen oder anderen Stulle Brot satt in den Schlaf kommen. Und da ist sie auch pädagogisch unterwegs. Als eine ihrer Enkelinnen einem Bedürftigen keinen Euro spenden wollte, weil er rauchte, erinnerte Moni sie daran, was die Kleine am Nachmittag an Essen, Kinobesuch und Einkäufen erhalten hatte: „Du hast alles, und er hat nur seine Zigarette. Gönnst du ihm die auch nicht?“ Das Mädchen übergab nicht nur die Münze, sie erzählt bis heute von diesem Vorfall, der ihr einst die Augen geöffnet hat.

In den vergangenen zehn Jahren hat Moni bemerkt, wie trotz Ausweitung der staatlichen Hilfsangebote – wie etwa durch das Winternotprogramm – die Not in Hamburg zugenommen hat. Standen 2010 etwa 20 bis 30 Gäste am Bus der DRK-Obdachlosenhilfe an, so sind es heute im Schnitt 60 bis 80. Und: Die Bedürftigen werden im Altersschnitt immer jünger. Obwohl Monika Kelting konzediert, dass sich in der Stadt für die Ärmsten der Armen vieles zum Besseren entwickelt hat und es viele Anlaufstellen gibt, so plädiert sie dafür, ein Haus für kranke Obdachlose zu schaffen. Ihr gehen die Sätze eines Mannes von der Straße nicht aus dem Kopf: „Ich habe Krebs und möchte in einem Bett in Würde sterben.“ Mit Würde hat für sie auch der ungehin-

DEUTSCHES
ROTES KREUZ

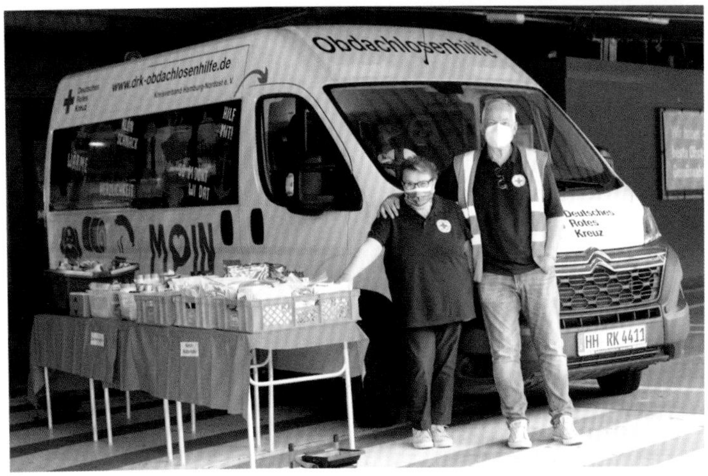

derte Zugang der Bedürftigen zu Toiletten zu tun. Ein Gutscheinsystem etwa könnte dies aus ihrer Sicht ändern. Bei allem Bedrückenden, das Moni bisher erlebte, hat sie meist die Fähigkeit, zu hHause dann auch schnell abschalten zu können. Und so fokussiert sie sich auf die Erfolgserlebnisse und schönen Momente, als sie etwa in Vorkasse gegangen ist und den obdachlosen Polen Pavel eingekleidet, ihm den Friseur und das Fahrgeld bezahlt hat, damit er morgens bei Airbus die Frühschicht antreten konnte. Oder den Türken Arkan, dem sie sogar einen Anzug ihres Mannes, Geld und eine Bahnkarte schenkte, damit dieser in Scharbeutz eine Stelle als Nachtportier bekam. Auf ähnliche Art und Weise hat sie schon fünf Bedürftigen geholfen, den Sprung in den ersten Arbeitsmarkt zu schaffen. Übrigens: Pavel und Arkan haben ihr das Geld vom ersten Gehalt zurückgezahlt. Und der Airbus-Mechaniker schickte ihr sogar zusätzlich einen Blumenstrauß und eine Schachtel Marzipan als Dank. Erlebnisse, von denen die 75-Jähige zehrt.

Monika ist eine Art Mutter Teresa für viele Menschen in Hamburg, die auf das Hilfesystem dringend angewiesen sind. Obwohl meine „Chefin" diese Zuschreibung sicher weit von sich weisen würde, sehen das auch viele Bedürftige so. Wie Maria (S. 102–105), die ihr schon mal einen Blumenstrauß mit an den Bus bringt. „Andere versprechen viel. Moni ist aber die einzige, auf deren Wort Verlass ist." Diesen Satz höre ich oft. Und Malte (S. 56–61) schreibt mir: „Moni sollte einen Gedenkstein bei Karstadt bekommen für ihre soziale und ehrenamtliche Arbeit."

Lotto

Geboren am 4. Februar 1967 in Hamburg

Lotto King Karl: Hamburger Musiker und Lokalgröße, auch weil er sich in seinen Liedern mit Themen der Hansestadt wie dem HSV, der Reeperbahn oder der Elbe beschäftigt. Einer seiner Songs, der überregional bekannt wurde, ist die Hymne an seine Heimatstadt: „Hamburg, meine Perle“. Zu „Mehr als eine warme Mahlzeit“ hat er uns Folgendes gesagt:

„Ich bin dabei, weil es wichtig und notwendig ist. Weil es hilft, Not zu lindern und eben auch über die Sachwerte hinaus durch den persönlichen Kontakt zeigt, wie wichtig es ist, Schwellen abzubauen. Diese und ähnliche Aktionen unterstütze ich seit Jahren. Mit der Einschränkung: vor Corona.

Für mich bedeutet der Abend mit den vielen Obdachlosen und Bedürftigen Erdung. Viel Arbeit, viele Gespräche, manche Geschichten, die tief unter die Haut gehen, Schicksale kennenlernen. Und auch Dankbarkeit erfahren. Was beidseitig gilt, denn auch ich bin dankbar, mitmachen zu dürfen. Man trifft das Leben dort. Das ist sehr wichtig.

In Erinnerung sind mir vor allem natürlich gute Gespräche geblieben. Aber leider muss ich sagen, dass über allem auch der letzte gemeinsame Abend mit Harry Schulz im Dezember 2019 steht.“ Auf unsere Frage, ob es einen Bezug zwischen seiner künstlerischen Arbeit und dem Engagement für Bedürftige gäbe, antwortete uns Lotto King Karl: „Abgesehen von Benefiz-Veranstaltungen, die wir hin und wieder gemacht haben, eigentlich nicht. Tatsächlich hat die Situation der Corona-Krise jedoch ein paar Bekannte aus meiner Branche so hart getroffen, dass sie keinen eigenen festen Wohnsitz mehr haben. Leider ist vielfach komplett ausgeblendet worden, dass sich die Pandemie nicht um Begriffe wie ‚Systemrelevanz‘ oder sonstige Zynismen kümmert, sondern sehr hart und komplett durchschlagen kann.

Danke für diese wichtige Initiative! Danke, dass ich einen kleinen Teil dazu beitragen durfte. Und bitte macht immer weiter!“

Malte

Geboren am 11. August 1982 in Elmshorn

Ein sexueller Missbrauch im Jugendalter, der virulente Schmerz über eine vor elf Jahren gescheiterte Beziehung und zudem depressive Episoden mit Suizidandrohungen prägen das Leben des 39-Jährigen zwischen Platte und einer Wohngemeinschaft in Hamburg-Bahrenfeld.

Ein Lebenskünstler und Grenzgänger

Zweimal platzt unser Gesprächstermin am Altonaer Bahnhof; dann erhalte ich eine lange SMS von Malte, der nicht gesiezt werden möchte. Es geht um seine gesetzliche Betreuerin, eine Rechtsanwältin, die ihm seit 2012 zur Vertretung gegenüber Gerichten, Behörden, Körperschaften und Einrichtungen zur Seite gestellt ist, zudem um seine demenzkranke Mutter im Pflegeheim in Elmshorn, seinen ehemaligen Lebenspartner in Reinbek – alles kompliziert und teils seit elf Jahren sehr belastend. „Ich habe sehr, sehr oft starke Stimmungsschwankungen, Depressionen und Selbstmordgedanken", sagt Malte. Er möchte Monika Kelting bei dem Gespräch dabeihaben, die er seit über zehn Jahren aus dem Angebot der DRK-Obdachlosenhilfe kennt und der er bedingungslos vertraut. Wir drei treffen uns Anfang Juni im Eiscafé Jacobs in Wandsbek.

Malte lebt von Grundsicherung, bessert diese mit Flaschensammeln auf, hat auch schon mal das Winternotprogramm in Anspruch genommen, ebenso im Pik As gelebt. Als Lebenskünstler kennt er alle Essensausgaben oder Tagesaufenthaltsstellen der Stadt, den Mitternachtsbus, das Café Augenblicke des JesusCenters oder die La Cantina Stadtteilküche, und schlägt sich gut durch. Den Duschbus von GoBanyo nutzt er ebenso. Während des Lockdowns 2020 suchte Malte die wenigen Stellen auf, die noch Essen verteilten: die Bahnhofsmission und die Stay Alive Drogenhilfe. Stets führt er die Hamburger Broschüre „Das soziale Hilfesystem für wohnungslose Menschen" bei sich. Dazu kommt sein großes soziales Gewissen, gepaart mit seiner Sensibilität, auch schon mal die Polizei zu rufen, wenn andere Obdachlose von Passanten drangsaliert werden. Und sein größter Traum ist es, alle Kriege auf der Welt sofort zu beenden. Maltes Hobby ist das Reisen. „Ich bin viel unterwegs zwischen Kiel und Berlin", sagt er verschmitzt. Sein ständiger Begleiter gegen die Einsamkeit: ein Dual DAB+ Kofferradio. NDR 90,3 und Welle Nord sind seine Lieblingssender. Bei „Mehr als eine warme Mahlzeit" war er noch nicht, aber das wird sich ändern. Und dann kommen wir auf die dunklen Geschichten dieses Lebenskünstlers zu sprechen.

Dabei verläuft unser Gespräch oft asymmetrisch. Malte freut sich diebisch, wenn er uns einen Zusammenhang erraten lassen kann, etwa zu seinem Geburtsort, zu dem mir Teppich Kibek und Kölln Flocken einfallen. Zwischen den Fragen und Antworten liegen oft lange Pausen. Er hat ein kindliches, spitzbübisches Lächeln, ist freundlich, wirkt manchmal etwas schamhaft-unsicher und ängstlich-hilflos. Er trägt eine Weste mit vielen vollen Brusttaschen, und auch sein Rucksack ist voller Utensilien und Dossiers zu

Ein Sommergespräch mit Malte im Wandsbeker Eiscafé Jacobs.

seinem Leidensweg. Ein fast symbolisches Bild, denn Malte schleppt auch psychisch viel Ballast mit sich herum. Sein zugewandtes Lächeln kann schnell kippen. Immer wieder wird er vom Absturz in die Depression heimgesucht. Die zahlreichen medizinischen Dossiers, die er mir anvertraut, übersetzen existenzielles Leid in medizinische Diagnosen.

Aufgrund einer kortikalen Hirnvolumenminderung durch Komplikationen bei seiner Geburt wurde bei Malte ein IQ von 57 ermittelt. Forensisch-psychiatrische Gutachten sprechen in seinem Fall von einer dauerhaft psychiatrischen Störung, von hoher Irritierbarkeit, Affektlabilität, Impulsdurchbrüchen, posttraumatischen Belastungsstörungen, autodestruktiven Antrieben, einer Borderline-Persönlichkeitsstörung, einer geringen Frustrationstoleranz. Und seit 2009 immer wieder depressive Episoden mit zahlreichen stationären Aufnahmen und ambulanten Interventionen in psychiatrischen Kliniken. Nur potente Neuroleptika wie Risperidon, Melperon, Lorazepam sowie die monatliche Depotspritze Xeplion halten Malte über Wasser und verhindern, dass das große Päckchen, das er zu tragen hat, ihn nicht untergehen lässt. Ein Leben auf der Rasierklinge.

Was ist geschehen? Malte wächst mit seinen Eltern und einem Halbbruder in Elmshorn auf; der verhaltensauffällige

Vater hat einen Schlüsseldienst in Pinneberg. Einen Schulabschluss macht Malte nicht. Er geht zu einer Sprachheilgrundschule, die er nach vier Jahren abbricht. Da liegt eine folgenschwere Demütigung in seinem Leben vor. Ein Zeugniseintrag vom 13. Januar 1993 hätte heute möglicherweise eine schnelle Intervention nach sich gezogen: „Dein Verhalten in diesem Halbjahr hat uns viele Rätsel aufgegeben. Warum wolltest Du Dir so oft selbst weh tun? Warum sprichst Du mit Deinen Mitschülern, Mitschülerinnen und Lehrern so selten über Deine Probleme?" Ein Jahr zuvor war Malte von einem Bekannten der Familie sexuell missbraucht worden. In einer seiner SMS, die er mir schickt, klingt das so: „Ich bin mit neun Jahren schwer missbraucht worden, ich musste meinen Peiniger mit verbundenen Augen oral befriedigen, und der Täter hat mich fotografiert und Bilder von meinem Missbrauch ins Internet gestellt. Deshalb habe ich auch einen sehr großen Hass auf alles, was mit PC, Computer, Internet zu tun hat." Bis heute kann Malte keine Wurst, Bananen, Gurken, Mohrrüben essen. Von Eiern isst er nur das Eigelb, der Konsum von Eiweiß erzeugt bei ihm Übelkeit. Ebenso Lieder wie Falcos „Jeanny".

Malte offenbart sich erst drei Jahre später seinen Eltern, die sofort Anzeige erstatten. Die Familie zieht 1995 in die Nähe von Wismar und der Sohn kommt in ein psychosoziales Wohnheim, zunächst nach Wittenburg, dann nach Waren an der Müritz. Jahre später wird sein Peiniger zu einer Geldstrafe von 500 DM verurteilt. Als Missbrauchsentschädigung erhält Malte 50 DM (!). Die Bilder der traumatischen Ereignisse verfolgen Malte bis heute. Triggermomente führen zum Verlust der Impulskontrolle: zum Beispiel, wenn er am Bahnhof Elmshorn gegen eine Frau

Pfefferspray einsetzt, im Pik As Brandstiftung begeht oder am Bahnhof Bergedorf bei einem öffentlichen Suizidversuch aufgegriffen wird.

Die demente und psychisch kranke Mutter kommt 2013 in ein Pflegeheim nach Elmshorn, wo Malte sie bis heute regelmäßig besucht. Der Vater stirbt 2015 mit 74 Jahren an den Folgen eines Schlaganfalls. Es ist das Jahr, in dem Malte erstmalig Bekanntschaft mit der Straße macht. An der Beerdigung des Vaters in Uetersen nehmen daher auch befreundete Obdachlose aus Hamburg teil. Wenn er ausnahmsweise mal nicht „Platte macht", kann Malte seit März 2021 temporär bei einem Cousin in Bahrenfeld unterkommen, wo er auch mal schlafen kann, wenn es draußen zu unwirtlich oder kalt ist. Sonst jedoch zieht es Malte immer ins Freie, ob an den Wandsbeker Bahnhof oder nach Bergedorf, Reinbek, Potsdam oder Berlin, wo er manchmal zur Not auf Behindertentoiletten schläft. Diese Flexibilität hat er – auch bei den Ausgangsbeschränkungen in der Zeit der Corona-Pandemie – schätzen gelernt.

Neben der unverarbeiteten sexuellen Gewalterfahrung peinigt Malte bis heute zudem der Abbruch der Beziehung zu seinem langjährigen Freund Uwe*. Im Heilpädagogikum in Eckernförde hatte er ihn 1998 kennengelernt, dann kam Uwe sogar als Pflegesohn in Maltes Familie unter. Von 2005 bis 2009 leben beide in einer gemeinsamen Wohnung in Hamburg-Lurup, bis der Kontakt abrupt abbricht. Der Verlust von Uwe, den Malte als „Lebenspartner-Bruder" oder „Bezugs- und Vertrauensperson" bezeichnet, ist bis heute sein größtes Gefühlsdrama. Er schreibt ihm, den er liebevoll „Schnuffie" nennt, nachts lange SMS, die sich in einer Endlosschleife um die Selbstmorddrohung drehen, sozusagen die letzte Karte bei seinem verzweifelten Versuch der Wiederaufnahme der Beziehung: „Möchtest du, dass ich mich umbringe, dass ich mir das Leben nehme? Oder möchtest du mir helfen und auch für mich da sein?" Und er bringt Briefumschläge, auch mit Geld drin, nach Reinbek, wo Uwe mittlerweile lebt. Malte zitiert einen Liedtext von Revolverheld: „Ich lass' für dich das Licht an, obwohl's mir zu hell ist. Ich hör' mit dir Platten, die ich nicht mag. Ich bin für dich leise, wenn du zu laut bist. Renn' für dich zum Kiosk, ob Tag oder Nacht." Eine Amour fou als einseitiger, selbstverleugnender, toxischer Beziehungswunsch, bei der in die eine Richtung tagtäglich Kraft investiert wird und die andere Seite die nach Hilfe rufenden Schreie nicht erwidert. Die Suizidankündigung scheint ein verzweifelter Schrei nach Aufmerksamkeit zu sein, ein Betteln um Liebe und Zuwendung. Dies stützt ein Entlassungsbericht aus der Zentralen Notaufnahme des UKE vom Juli 2021: „Der Patient erzählt lächelnd: Er habe sich zu keinem Zeitpunkt das Leben nehmen wollen, auch keine konkreten Pläne diesbezüglich gehabt. Er habe das nur geschrieben, damit die anderen merken, wie erschöpft er sei."

Ja, Malte ist sehr erschöpft. Ich wünsche ihm von Herzen, dass ihm ambulante therapeutische Interventionen Entlastung bringen bei der nicht aufgearbeiteten Missbrauchs- und Verlusterfahrung. In einer SMS vom August 2021 schreibt er mir: „Ich habe sehr viel durchgemacht und leide ganz schön."

*Der Name ist der Redaktion bekannt.

Sandra

Geboren am 17. Januar 1979 in Bremen

Sandra Quadflieg ist Schauspielerin und im Vorstand der Benita Quadflieg Stiftung, die sich für Kinder mit Entwicklungsverzögerungen, Behinderungen und frühkindlichen Traumata engagiert. Die gebürtige Bremerin lebt seit Jahren in Hamburg; sie ist durch zahlreiche Rollen in Theater, Film und Fernsehen bekannt.

Sandra ist davon überzeugt, dass die Initiative „Mehr als eine warme Mahlzeit" für Hamburg als ein wichtiger Impulsgeber fungiert. „Es ist wichtig, dass wir nicht wegschauen, sondern dort helfen, wo unsere Hilfe dringend benötigt wird. Außerdem ist es eine wundervolle, liebevolle Aktion! Hamburg gehört zu den Städten mit der höchsten Millionärsdichte. Wer durch die Innenstadt flaniert, zwischen den noblen Designerläden und den teuren Autos, denkt nicht daran, dass es in dieser Stadt auch Not gibt. Wer aber genauer hinschaut, sieht die Missstände, die es dringend zu beheben gilt! Egal, ob durch ehrenamtliches Engagement, eine Spende oder Öffentlichkeitsarbeit. Deshalb finde ich diese Aktion so sinnvoll, weil sie nicht nur diesen Menschen einen wundervollen Abend beschert, sondern auch öffentlich macht, dass es Menschen gibt, die aus unserer Gesellschaft gefallen sind, obwohl sie zu unserer Gesellschaft gehören. Wir müssen diese Probleme gemeinsam angehen, damit wir unseren Kindern eine Welt hinterlassen, in der wir selbst leben möchten. Jeder von uns kann in eine Notsituation geraten!

2019 war mein ‚erstes Mal', und ich habe direkt gesagt: ‚Im nächsten Jahr unterstütze ich euch natürlich sehr gerne wieder!' Für mich waren die Stunden in der Fischauktionshalle ein ganz besonderer und berührender Abend, der mir immer in Erinnerung bleiben wird. Auch weil wir dort ein allerletztes Mal mit unserem Freund Harry Schulz (S. 154–155) vor Freude, Rührung und Dankbarkeit über so viele glückliche Menschen gemeinsam gestrahlt, gelacht und uns in den Armen gehalten haben. Besonders bewegt haben mich die dankbaren Augen der Menschen sowie auch die vielen unterschiedlichen Schicksale, die mir an diesem Abend erzählt wurden. Ich habe auf meinem Weg viele Kollegen gesehen, die aus der Gesellschaft gefallen sind. Deshalb unterstütze ich soziale Projekte. Mittlerweile habe ich sechs Ehrenämter. Ich erinnere mich noch sehr gut daran, als ich mein erstes Ehrenamt annahm. Da sagte auf einem Charity Event eine Millionärsgattin, die eine großzügige Spende tätigte, zu mir: ‚Es ist doch so schön, etwas zurückzugeben, nicht wahr?' Ich schaute sie an und wusste erst nicht, was ich darauf antworten sollte, denn wir Künstler sind nicht gerade für unser großes Bankkonto bekannt. Ich hatte in diesem Sinne nichts zum Zurückgeben, aber eine Stimme, um auf gesellschaftliche Missstände aufmerksam zu machen und diesen durch meine Öffentlichkeit ein Podium zu geben. Es wird leider immer hilfebedürftige Menschen auf dieser Welt geben, aber ich hoffe sehr, dass es auch immer Menschen geben wird, die versuchen, dagegen anzusteuern! Es geht nicht nur um diesen einen Abend, es geht darum, unsere Gesellschaft dahingehend zu verbessern, dass niemand aus ihr fällt und zurückbleibt. Wir müssen gesellschaftlich und politisch an besseren Strukturen arbeiten. Und uns muss bewusst werden, dass wir am System nur etwas ändern können, wenn wir als WIR agieren! Denn wir sind Hamburg!

Zum 10-jährigen Jubiläum gratuliere ich von ganzem Herzen! Was ihr auf die Beine gestellt habt, ist wirklich so viel mehr als ‚nur' eine warme Mahlzeit! Auf meine Unterstützung könnt ihr euch stets verlassen! Macht bitte immer mit so viel Liebe weiter, damit alle Obdachlosen künftig mehr Wertschätzung erfahren und auf Augenhöhe behandelt werden. Eure Arbeit ist so wichtig, um die Missstände in der Öffentlichkeit publik zu machen und dazu aufzurufen, unsere Gesellschaft zu verbessern!"

Der Fotograf Carlos Kella hatte im Dezember 2019 bei „Mehr als eine warme Mahlzeit“ in der Fischauktionshalle ein Fotostudio aufgebaut, das stark frequentiert wurde. Da sich auch in den Gesichtern der Gäste des Abends Lebensgeschichten spiegeln, werden ihre Porträts auf den folgenden Seiten ebenfalls vorgestellt.

Teil 1

3156
Hinz&Kunzt

ST. PAULI
LIVE

CAMP DAVID
YACHT CLUB

Dagmar & Dennis

Dagmar geboren am 27. Februar 1961 in Berlin
Dennis geboren am 10. November 1994 in Berlin

Eine 25 Jahre dauernde Fluchtodyssee vor einem gewalttätigen (Ex-)Ehemann haben Dagmar und ihr Sohn Dennis hinter sich. Erst 2020 fanden beide jeweils für sich in Hamburg eine Bleibe. Ihr Kampf ums Überleben in der Bedürftigkeit aber geht weiter.

Mutter und Sohn: eine deutsche Fluchtodyssee

Rund vier Stunden dauert das Gespräch mit Dagmar und Dennis – und hinterher frage ich mich, wie viele Schicksalsschläge in ein Leben passen, wie viele Enttäuschungen ein Mensch wegstecken kann. Mutter (60) und Sohn (27) bilden eine Schutz- und Schicksalsgemeinschaft, da ein gewalttätiger Ehemann die Familie, zu der noch drei weitere Kinder zählen, sprengte und viele körperlich und seelisch versehrt zurückließ.

Erstmals werde ich auch mit dem Thema „Frauen und Obdachlosigkeit" konfrontiert. Nach WDR-Recherchen gibt es deutschlandweit 59.000 wohnungslose Frauen; die Vergewaltigungsrate ist hoch. Dagmar, zermürbt durch ständige Beleidigungen, Mimik und Gestik, formuliert das so: „Ohne Dennis hätte ich das nicht geschafft. Als Frau auf der Straße ist man Freiwild, auch in der Obdachlosenszene. Es ist kaum zu ertragen, da es keine normalen Gespräche ohne das eine Thema gibt." Und Dennis sekundiert: „Ich weiß nicht, was hätte passieren können, wenn ich nicht bei meiner Mutter gewesen wäre. Vielleicht wäre sie an der Situation zerbrochen und hätte den Mut verloren weiterzukämpfen. Ich habe sie oft weinen sehen." Über die Anzahl von Mutter-und-Kind-Gemeinschaften im Bedürftigenmilieu habe ich keine verlässlichen Angaben gefunden. Doch ein Tandem wie Dagmar und Dennis dürfte eher selten anzutreffen sein.

Die gelernte Einzelhandelskauffrau Dagmar zog ihre vier Kinder – zwei Töchter, zwei Söhne – in Berlin auf, bis die Situation rund um ihren gewalttätigen Ehe- und Lebemann Dariusz eskalierte, der im kriminellen Milieu Berlins agierte und die Mutter quasi zur Alleinerziehenden machte. Vergewaltigungen und Schwangerschaftsabbrüche zählten zum beschädigten Familienleben. Bis heute belasten die Abtreibungen die gläubige Christin Dagmar sehr. Der älteste Sohn vereitelte den Versuch des Vaters, die Mutter umzubringen. Und der Berliner Polizei gelang es am Bahnhof Zoo, dem Vater Dennis und seine kleine Schwester nach einer Entführung aus dem Kindergarten zu entreißen. Doch die permanente Drohung, alle Familienmitglieder zu töten bzw. umbringen zu lassen, war stets präsent. Der Weiße Ring wurde eingeschaltet und Dagmar und ihre Kinder wurden 1995/96 in einem kleinen fränkischen Ort in Sicherheit gebracht. Es war der Anfang einer Fluchtodyssee durch die gesamte Republik, die erst 2018 mit dem gewaltsamen Tod von Dariusz in dessen Wohnung in Berlin-Spandau ihr Ende finden sollte.

Insgesamt dreizehn Jahre ständiger Wohnortswechsel, denn immer wieder tauchten die Schergen ihres Mannes, eines polnischen Staatsbürgers, vor den neuen Rückzugsorten von Dagmar und Dennis auf. Zudem erkrankte Dagmar 1999 an malignem Brustkrebs, der jedoch noch nicht gestreut hatte, so dass sie sich umgehend weiter um die Kinder kümmern konnte. Ein Jahr später die Scheidung vor dem Amtsgericht Tempelhof-Kreuzberg und 2003 der erstmalige Umzug nach Hamburg. Der Rat des Weißen Rings an Dagmar: nirgends mehr in Erscheinung treten, quasi inkognito leben, was Dennis ermöglichte, seine Schule zu absolvieren. Ihre damaligen Arbeitgeber, Reinigungsfirmen für Bürogebäude und einige private Kunden, akzeptierten die Situation. Als ihre letzte Arbeitgeberin Steuer- und Sozialbetrug beging, standen Dagmar und ihr Sohn erstmals auf der Straße. Bei Bekannten und Freunden ging das Versteckspiel weiter. Mutter und Sohn konnten für 150 Euro in einem Bungalow auf einem Campingplatz in Hamburg-Niendorf unterkommen, wo Dennis bei diversen Arbeiten mithalf. Bis dann die Schatten der Vergangenheit auch in der Hansestadt auftauchten.

Umgehend ging es zurück nach Franken, wo Dagmar in einem Schutzhaus unterkam, in dem Dennis sie besuchen

Vier-Stunden-Gespräch mit Dagmar und Dennis im Eiscafé Porto Lucia am Großneumarkt, Hamburg-Neustadt.

konnte. Schließlich kamen Mutter und Sohn für ein Jahr wieder in einer gemeinsamen Wohnung im Würzburger Stadtteil Zellerau unter, einem Quartier „mit besonderen Entwicklungsbedarf". Nach einem weiteren innerstädtischen Umzug nahm Dagmar ihre Reinigungsarbeit in Arztpraxen und einem orthopädischen Fachgeschäft wieder auf. Dennis verdingte sich im Lieferservice für einen vietnamesischen Imbiss und arbeitete auch als Babysitter. Die Kleinfamilie knüpfte intensive Kontakte zu Ordensschwestern in Würzburg, wo sie auch tagsüber Essen an der Pforte abholen konnte. Endlich ein Ruhepol, ein Standbein, neue Freunde, neue Perspektiven im Steinbachtal. Doch auch in Franken tauchte ein Häscher des Ex-Mannes wieder auf, danach sogar Dariusz selbst. Wieder hieß es: Abbruch aller Zelte. Die Schwestern nahmen Dagmar und Dennis zur Sicherheit einige Tage im Kloster auf. Dennis retrospektiv: „Wir hatten uns zu sicher gefühlt." Ein kleines Trostpflaster: Die Schwester Oberin des Ordensstifts übergab beiden im September 2015 einen Umschlag mit 2.000 Euro, zwei Bahnkarten nach Hamburg und zahlte das Taxi zum Bahnhof, um eine sichere Abreise zu gewährleisten. Doch schnell folgte der nächste Tiefschlag: Die in Hamburg angemietete Wohnung entpuppte sich als Internetbetrug. Freunde nahmen Mutter und Sohn drei Monate bei sich auf, knüpften ihnen aber zur Finanzierung ihrer eigenen Drogensucht immer höhere Geldbeträge ab. Dennis lakonisch: „Jetzt standen wir vor dem Nichts und machten erstmals Bekanntschaft mit der Straße."

Ihre Platte war ein Ort am Schwimmbad vor dem Millerntor-Stadion. Eine zermürbende Situation für 15 Tage, da sie aus Angst versuchten, permanent wach zu bleiben. Dann kamen sie im Haus Bethlehem unter, halfen bei den Essensausgaben, nahmen Mahlzeiten im CaFée mit Herz zu sich. Wegen der zunehmenden Diebstähle in der Einrichtung zogen Dagmar und Dennis weiter, halfen beim Weihnachtsmarkt von Hinz&Kunzt mit, wo sie Jens (S. 36–41) kennenlernten und mit ihm gemeinsam vor dem Haupteingang von Karstadt in der Mönckebergstraße campierten. Dort wurde Dagmar als H&K-Verkäuferin von einem Rentner auf zwei Zimmer in Hamm angesprochen. Nach dem Tod seiner Frau suchte er die Gemeinschaft anderer. Auch dies war nur eine Bleibe für sechs Monate auf Zeit. Schließlich taten sich für Dagmar Ende 2016 für zwei Jahre eine Werkswohnung und eine Stelle als Pferdepflegerin auf einem Reiterhof in Schenefeld auf. Doch auch hier lassen gravierende Probleme nicht lange auf sich warten: mieses Betriebsklima, Tierquälerei, Vertragsbrüchigkeit, diverse gerichtliche Auseinandersetzungen wegen Hausfriedensbruch, WLAN- und Stromabschaltungen.

Zermürbt von den Erlebnissen strandeten Mutter und Sohn im Januar 2019 am ZOB in Hamburg und haben das Glück, dass eine junge Mitarbeiterin der Bahnhofsmission

sie zum Durchatmen für elf Tage im Hotel Lilienhof in der Ernst-Merck-Straße unterbringt. Ihre zweite Platte für lange acht Monate wurde anschließend der Eingangsbereich bei Karstadt/Ecke Europa Passage. Dagmar retrospektiv: „Wir sahen schon das schwarze Loch vor uns. Es wackelte sehr." Schließlich erfuhren sie bei der Essensausgabe der DRK-Obdachlosenhilfe in der Mönckebergstraße von den Little Homes des Hüttenbauers Sven Lüdecke. Zwei jener 3,2 Quadratmeter großen Verschläge aus Holz- und Spanplatten an der U-Bahnstation Habichtstraße in Barmbek bedeuteten für die beiden zwar ein Dach über dem Kopf, ließen sie aber nicht zur Ruhe kommen. Zwischen September 2019 und März 2020 erleben sie Tiefschlag auf Tiefschlag und kommen zur Einschätzung, dass es auf der Straße sicherer ist. Gegen die mobilen Wagen wird uriniert, sie werden mit Flaschen beworfen, es gibt Einbruchsversuche. Dagmar: „Du bekommst Panik, kannst ja nicht weglaufen. Es war wie eine Falle. Es ist kalt und feucht, zieht, die Fenster waren ungeschützt. Schwarzschimmelbefall." Und dann hörten sie von draußen Sätze wie: „Wer legt hier zuerst Feuer?" oder „Mach die Tür auf, du Schlampe, damit wir dir zeigen können, wofür du eigentlich da bist!"

Nach einer Zwischenstation in einer Container-Wohnunterkunft mit Gemeinschaftsküchen und -duschen von Fördern & Wohnen in Fuhlsbüttel, die sie sich mit Flüchtlingen und Asylsuchenden teilte, sollte sich der Aufenthalt in den Little Homes doch noch als glückbringend erweisen. Im Jahre 2020 werden u.a. Deutschlandradio und der Westdeutsche Rundfunk auf sie aufmerksam. Den WDR-Beitrag „Weiblich, obdachlos, unsichtbar" sehen auch Susanne Groth von „Leben im Abseits" und der Straßensozialarbeiter Julien Thiele von der Caritas, die dann helfen, damit Dagmar eine Zwei- und Dennis eine Ein-Zimmer-Wohnung der Carl-Toepfer-Stiftung in der Neustadt bekommt. Auch wenn beiden nach Abzug von Miete, Kaution und Nebenkosten vom Hartz IV-Satz nur noch rund 200 Euro monatlich verbleiben, sind sie doch glücklich, endlich zur Ruhe gekommen zu sein. Essens- und Kleiderausgaben der Hilfsorganisationen in der Stadt sichern das Überleben in der Bedürftigkeit.

Zurück bleiben eine von der Familiengeschichte versehrte Mutter und ihre drei Kinder, von denen nur eine Tochter als Rinderzüchterin mit Bauer und Kind im Hessischen ihr Glück gefunden hat. Eine weitere Tochter, verheiratet mit einem Syrer, hat sich in den Drogenkonsum geflüchtet. Dennis' älterer Bruder zerbrach psychisch am beschädigten Leben. Und Dennis, der zahlreiche Jobs – u.a. bei Sicherheitsdiensten – auch wegen seiner Wohnungslosigkeit verloren hat, ist gesundheitlich schwer angeschlagen: Neurodermitis, Bronchiendysfunktion sowie nicht operabler Hüft- und Gelenkverschleiß. Das Fazit des jungen Mannes: „Ich weiß nicht mehr, was ich noch machen könnte. Mein gesundheitlicher Verfall ist wie eine Zündschnur, die langsam runterbrennt, bis ich im Rollstuhl sitze."

Dagmar und Dennis sind Überlebenskünstler im Großstadtdschungel, die uns allen ins Stammbuch schreiben, dass die Gesellschaft zunehmend ichbezogener, aggressiver und missgünstiger geworden ist. Der Philosoph Jürgen Habermas spricht in diesem Zusammenhang von der Verhärtung des Bürgertums in sozialen Fragen und der Ökonomisierung der Gesellschaft. Sprüche auf der Platte wie „Hier sollte mal das Ordnungsamt vorbeikommen und den Müll entsorgen." oder „Hängt euch auf, damit man Euch nicht ertragen muss." sind noch jene der harmloseren Art. Und so hat sich Dagmar schon oft gefragt: „Warum lebe ich eigentlich noch? Was habe ich den Menschen getan? – Niemand ist doch freiwillig auf der Straße!"

Bleibt die Frage nach Hoffnung, Trost, Zuversicht und Resilienz, nach dem Überlebensrezept gegen Erniedrigungen, Beleidigungen, Hohn und Spott. Dagmar antwortet unter Tränen: „Kraft geben uns Menschen, die uns helfen. Das macht das Herz weiter und vertreibt die Traurigkeit." Dennis orientiert sich an Rocky Balboa und zitiert Sylvester Stallone: „Die Welt ist oft ein gemeiner und hässlicher Ort. Sie wird dich in die Knie zwingen und zermalmen, wenn du es zulässt. Es zählt nur, wie viele Schläge einer einstecken kann und trotzdem weitermacht."

Eddy

Geboren am 8. Oktober 1959 in Hagen

Eddy Kante: Schauspieler, Musiker, Bodyguard. Lange Zeit konnte man ihn als Leibwächter und Mitarbeiter von Udo Lindenberg erleben. Gleichzeitig sah man ihn in TV-Serien wie „Großstadtrevier", „K11" oder „Bella Block". Im Jahr 2000 nahm er gemeinsam mit Udo Lindenberg eine Coverversion des Heintje-Klassikers „Mama" auf.

Seit einigen Jahren unterstützt er das Projekt „Mehr als eine warme Mahlzeit": „Ich mache das, weil ich einfach davon überzeugt bin, dass ich so mithelfen kann, Menschen für einen kleinen Moment oder auch paar Stunden glücklich zu machen. Ich spüre, dass auch diese Menschen in besinnlichen Stunden so etwas wie Ruhe und Geborgenheit fühlen. Wir lassen sie ihre Sorgen und Nöte, die Härte der Straße und die Kälte für einen Abend vergessen. Das ist ein wunderbares Gefühl für mich! Es ist Spaß und Freude zugleich.

Es ist schön zu wissen, ein Glied dieser Helferkette an diesem besonderen Abend zu sein. Ich kann dazu beitragen, Menschen zufrieden und glücklich zu sehen, die sonst so etwas nicht kennen. Damit meine ich: sich einfach mal betüdeln und bedienen zu lassen. Und vielleicht schaffen wir es, bei dem einen oder anderen unserer Gäste das Gefühl zu vermitteln DA IST JEMAND FÜR MICH DA, DER SICH KÜMMERT! Im Gedächtnis bleibt das, was immer wieder an diesen Abenden passiert: die Freude in den Augen unserer Gäste zu sehen und die vielen leisen und lauten Dankesbekundungen.

Aus diesen Begegnungen haben sich für mich nicht nur neue Perspektiven eröffnet; wenn ich am Wochenende durch meinen Kiez schlendere, sehe ich viele Obdachlose. Ich erkenne sie und wir grüßen uns wertschätzend. Das ist schön und bestärkt mich darin, wieder dabei zu sein, wenn es heißt: ‚Mehr als eine warme Mahlzeit'.

Mein Wunsch an die Hamburgerinnen und Hamburger ist es, dass man nicht nur an diesem Tag der Feier an die Obdachlosen denken sollte, sondern auch mal zwischendurch. In jedem Fall sollte man ihnen auf Augenhöhe begegnen, mit ihnen reden und ihnen – wann immer es geht – Hilfe zukommen lassen.

Macht weiter so – und auf die nächsten 10 Jahre. Ich bin immer wieder gerne dabei!"

Ferenc

Geboren am 19. Dezember 1979 in Budapest/Ungarn

Über Ungarn, Schweden und Österreich und Dänemark verschlug es den 42-Jährigen vor neun Jahren nach Hamburg. Hier kam er 2019 endlich zur Ruhe.

„Die Straße macht dich kaputt."

Es ist ein schöner Spätsommermorgen, als ich Ferenc mit seinem Spitz-Mischling Ricky auf der Eppendorfer Brücke treffe, die den Isekanal quert. Hier, vor dem schmiedeeisernen Gitter mit den bunten Fischen des Bildhauers Richard Haizmann, ist am Freitag zur Isemarktzeit seine Hinz&Kunzt-Verkaufsstelle; vor BUDNI in der Bergstraße verkauft er samstags das Straßenmagazin. Mir fällt sofort auf, wie höflich er Passanten für zugesteckte Münzen dankt, von seinem Plastikklappstuhl aufsteht und sich verbeugt. Der Ungar mit der Verkäufernummer 5531 hat da seine eigene Philosophie: „Ich muss gut zu den Menschen sein. Dann habe ich alles." Und er gibt gleich ein Beispiel: Als kürzlich sein etwas ungestümer Hund einen Radfahrer aus dem Tritt brachte, verzichtete dieser auf eine Anzeige, weil Ferenc sich freundlich entschuldigte und dem Mann seine Situation näherbrachte.

Als ich den 42-Jährigen nach seinem Geburtstag frage, sagt er sofort, dass ihm dieser Tag kurz vor Weihnachten nichts bedeute, da er ihn nur an einen schlechten Start in ein Leben in Armut erinnere. Schon zwei Tage nach seiner Geburt kam er für zwölf Jahre in ein Kinderheim; und der arbeitslose und alkoholkranke Vater sei ein schlechter Mensch gewesen. Gleichwohl flüchtete er nachts öfters aus der Unterkunft und machte sich zu Fuß auf den 20 Kilometer langen Weg zu seinem Elternhaus. Nach Schulabschluss mit der 8. Klasse wurde er zum Betteln geschickt und musste sich bei der Autowäsche verdingen. Weiter ging es zu den Großeltern nach Malmö in Schweden, wo er dem ebenfalls alkoholkranken Opa bei diversen Arbeiten half und auch ältere Menschen gepflegt hat. Doch wegen dieser Art von Schwarzarbeit wurde er nach Budapest abgeschoben und schlitterte 17-jährig bei Alkohol-, Marihuana- und Heroinkonsum in eine Suchtkarriere.

Das nächste Land auf der Odyssee durch Europa war Österreich, wo er sich in Wien, Graz und Innsbruck mit Pflegejobs, Autowäsche, Flohmarktverkäufen und als Küchenhilfe über Wasser hielt, auf der Straße oder in abgestellten Zügen schlief. Da sein letzter Arbeitgeber ihn aber nicht aufsichts- und steuerbehördlich angemeldet hatte, machte Ferenc für drei Monate Bekanntschaft mit dem Gefängnisleben. Die nächste Abschiebung nach Ungarn folgte, ebenso eine Periode, wo er sich bis zum 21. Lebensjahr in Kopenhagen mit Betteln durchschlug, bei der Caritas duschen konnte und dann – völlig entkräftet – zur Großmutter nach Malmö zurückkehrte, um an ein wenig Geld, Kleidung und Essen zu kommen. Manchmal hatte er in dieser Zeit zwei bis drei Tage nichts zu sich genommen und ging aus Verzweiflung dazu über, Nahrungsmittel in Supermärkten zu stehlen. Als er hierbei erwischt wurde, drehte sich seine Abwärtsspirale über verhängte Geldstrafen noch schneller. Bis heute sitzt der Stachel bei Ferenc tief, empfindet er es als himmelschreiende Ungerechtigkeit, dass man einen Menschen, für den es auch über Gelegenheitsjobs keine Arbeitsmöglichkeiten gibt, bestraft, wenn er aus blankem Hunger heraus Lebensmittel entwendet. Das war auch die Zeit, wo seine Depressionen und andere psychische Probleme einsetzten.

Auf der Suche nach einem besseren Leben kam Ferenc vor neun Jahren nach Deutschland und es gelang ihm, sich als Hinz&Kunzt-Verkäufer neue Perspektiven zu erarbeiten. Bei einem älteren Mann, der ihn am Hamburger Hauptbahnhof ansprach, konnte er für vier Monate bis zu dessen Tod leben; eine Kirchenkate in Poppenbüttel war auch bald gefunden. Das ging gut, bis Ferenc eine seiner Schwestern einlud, bei ihm zu wohnen. Sie hintertrieb jedoch seine Gutmütigkeit, wollte ihm die Behausung abnehmen, stahl ihm Handy, Ausweis sowie 500 Euro vom Haspa-Konto. Das verlorene Dach über dem Kopf verschlimmerte die Depressionen des Ungarn, der 2013 wieder für viereinhalb Jahre in die Obdachlosigkeit abrutschte. Ricky war in der Zeit sein Lebensretter, auch wenn man ihm den Hund schon nach einem Monat auf der Platte vor der Jacobikirche wieder stehlen wollte.

Ferenc trifft man immer freitags zur Isemarkt-Zeit mit seinem Hund Ricky auf der Brücke am Eppendorfer Baum.

Im Sommer schlief Ferenc in einem Auto am Dammtor-Bahnhof, in der kalten Jahreszeit nutzte er das Winter-Notprogramm. Einmal steckte ein kleiner Geldschein hinter dem Scheibenwischer, ein anderes Mal stand ein frischer Kaffee auf der Kühlerhaube. Auch im Jakob-Junker-Haus in Groß Borstel, einem Männerwohnheim der Heilsarmee, kam Ferenc für eine Weile unter. Ein Sozialarbeiter dort half ihm, vor zwei Jahren endlich eine feste Bleibe zu bekommen: eine Zwei-Zimmer-Wohnung in Hamburg-Eppendorf, für die er nur den Strom und andere Nebenkosten zahlen muss. Und dann bricht der Ungar eine Lanze für seinen Vierbeiner: „Die Straße ist nicht gut für den Hund, aber sie macht auch dich kaputt, bedeutet Dauerstress, Angst, Diebstähle und Gewalt. Aber Ricky hat mich stark gemacht. Ich kämpfe und lebe für ihn. Und ich werde mit ihm sterben." Ja, die Straße hat Ferenc kaputtgemacht. Sein Zahnstatus ist prekär, er leidet an Schlafstörungen, Schmerzen, Asthma, hohem Blutdruck und Depressionen. Und um hier ein wenig Entlastung zu erfahren, raucht er täglich einen Joint. Aber Aufgeben ist nicht sein Ding. Er bleibt optimistisch, da er in Hamburg immer kleine Jobs gefunden hat: von der Reinigung einer Elbkinder-Kita bis aktuell zur Säuberung von Treppenhäusern, von Hofarbeiten in Wohnanlagen bis zur Gartenpflege für eine ältere Dame. In sein Heimatland möchte der Kämpfer mit ungarischem Ausweis nie wieder zurück. Zu schlecht waren die Erfahrungen, die er in der Donaumetropole gemacht hat. So schlecht, dass er nicht einmal das Grab einer seiner Schwestern dort besucht hat.

Als ich ihn nach seinen Träumen und Wünschen frage, setzt Ferenc zu einer Liebeserklärung auf Hamburg an, die noch einmal unterstreicht, wie wichtig das Netz an Hilfsangeboten für Bedürftige in der Elbmetropole ist. „Ich hatte ein schlimmes Leben, aber hier in Hamburg genieße ich jetzt die schöne skandinavische Luft. Ich wollte ein wenig Arbeit und eine Wohnung haben. Das hat geklappt. Es ist schön, dass hier niemand hungern muss. Ich habe allen viel zu verdanken, der Tagesstätte Alimaus, dem Caritas Krankenmobil, dem Mitternachtsbus der Diakonie, dem DRK-Bus in der Mönckebergstraße, wo ich schon Klamotten und einen Schlafsack erhalten habe, und Hinz&Kunzt, wo ich bei Problemen immer Hilfe bekomme." Am Ende unseres Gesprächs steht Ferenc auf, klappt seinen Stuhl zusammen, faltet die Hundedecke, nimmt den Einkaufsroller und die Leine in die Hand und verabschiedet sich mit seinem besten Freund in Richtung Eppendorfer Baum: „Ich bin jetzt müde, Chef, die Gartenarbeit gestern war hart." Ein beeindruckender Mann, zufrieden und angekommen in seinem bescheidenen Leben. Schon Aristoteles wusste: „Glück ist Selbstgenügsamkeit."

Lou

Geboren am 10. September 1960 in Einbeck

Lou Richter ist Moderator, Autor, Musiker und Speaker. Der Wahl-Hamburger ist unter anderem bekannt geworden als Radiomoderator bei Radio Bremen, NDR 90,3 und Radio Fritz.

„Gemeinsames Essen verbindet Menschen, seitdem der erste Homo Australopithecus in die Runde rief: ‚Wer will noch Nachschlag?'." Für den Medienexperten ist die Grundidee der Veranstaltung einfach bestechend: „Leute, denen es überdurchschnittlich gut geht, bedienen Menschen, denen es unverhältnismäßig schlecht geht. Wer da zu welcher Gruppe gehört, liegt in vielen Fällen nicht an der eigener Lebensleistung, sondern an sehr gnädigen oder eben erbarmungslosen Zufällen. Ich unterstütze das Projekt bereits seit einigen Jahren, allerdings nicht von Anfang an. Wahrscheinlich hat Organisator Sven Flohr, dem ich auch an dieser Stelle für sein Engagement danken möchte, meine Kellnerfähigkeiten zu geringschätzt. Ich denke, das begründet sich darin, dass ich ihn beim gemeinsamen Moderieren des HSH Nordbank Run mit Senf bekleckert habe, was aber dem Erscheinungsbild seiner Hose nur zuträglich war. Der Abend in der Fischauktionshalle fühlt sich für mich gut und richtig an. Mit einem Klacks an persönlichem Aufwand Menschen in Not eine Freude zu machen, ist etwas ganz Besonderes. Niemand hat die Verpflichtung, von seinem Glück etwas abzugeben – aber wer das tut, wird noch glücklicher. Jedes Gesicht, das sich im Laufe der Veranstaltung aufhellt, bedeutet für mich persönlich ein Erlebnis. Da meine Arbeit eher fußballerischer als künstlerischer Art war, möchte ich Bayern-Legende Karl-Heinz Rummenigge zitieren: ‚Glück und Pech liegen eng nebeneinander. Im Fußball ist das der Unterschied zwischen Latte und Tor.' Im Leben ist das der Unterschied zwischen Job oder Sofa, Porsche oder Mofa, zwischen Elbvorortvilla oder ‚Dann schlaf ich eben unter der Brücke'. Das Leben ist nicht immer rund und dauert nicht immer 90 Jahre. Aber nach dem Essen ist hoffentlich vor dem Essen!

Zum 10-jährigen Jubiläum der Bedürftigen-Weihnachtsfeier rufe ich dem Verein ein ‚Weiter so!' zu. Und wenn die Umstände der Pandemie es zulassen, sollte wieder von Mensch zu Mensch aufgetischt werden. Eine reiche Gesellschaft, die den Ärmeren nicht hilft, ist selbst sehr arm."

Maria

Geboren am 9. Dezember 1954 in Ennigerloh (Münsterland)

Die zweifache Mutter wurde in katholischen Kinderheimen verprügelt, war später alkoholkrank, verlor Partner und ihr drittes Kind. Die starke Frau ist heute trocken, meistert ihr Schicksal mit Witz und Humor und trägt die Raute im Herzen.

adidas
Fly

Im beschädigten Leben eingerichtet

Das Thema Missbrauch hat sehr viele Facetten. Rudolf Kastelik ist eines der vielen Opfer in der katholischen Kirche. Er schreibt im März 2019 in der Hannoverschen Allgemeinen Zeitung: „Wir wurden von den Nonnen geschlagen. Für alles. Für jede Kleinigkeit. Lachen war verboten, Reden war verboten, alles war verboten. Wenn Sie sich beschwert haben, haben Sie noch mehr Schläge gekriegt." Diese Demütigungen hat auch Maria erfahren, die ich in ihrem Kiez am Bahnhof Altona Corona-konform auf einer Bank zwischen Gleis 11 und 12 treffe.

Maria (67) bezeichnet sich als „Mädchen des Kohlenpotts", wurde aber in Ennigerloh im Münsterland geboren. Sie wächst zunächst bei Pflegeeltern auf, die sie im Alter von sechs oder sieben Jahren in Wiedenbrück in ein katholisches Kinderheim geben. Von diesen Einrichtungen sollte es noch viele in ihrem Leben geben. Alle aber entpuppten sich bis zu Marias Volljährigkeit als Orte eines persönlichen Martyriums, der Lieblosigkeit, der Demütigungen, der prügelnden Ordensschwestern. In ihrem Buch „Die geprügelte Generation" schreibt Ingrid Müller-Münch: „Die Auswirkungen für diese Menschen, und das sind ja wirklich unendliche viele in diesem Land in allen Positionen, waren teilweise wirklich verheerend und haben auch Leben zerstört."

In jener Zeit der Heimmisshandlungen versucht die heute Bedürftige, sich viermal das Leben zu nehmen. Immer wieder kommt Maria nach Münster in die Psychiatrie, wird mit bis zu neun Tabletten täglich ruhiggestellt, schläft im Unterricht ein, macht keinen Schulabschluss. Schließlich gelingt ihr eine von vielen Fluchten aus den physischen und seelischen Folteranstalten; sie gelangt über Frankfurt und weitere Zwischenstationen über eine Zeit von rund sechs Monaten per Anhalter nach Hamburg. Ein Freund kümmert sich darum, ihre zurückgelassenen Papiere zu organisieren. Ein neues, selbstbestimmtes Leben beginnt an der Elbe.

Im Krankenhaus Tabea in Blankenese pflegt sie mit Begeisterung zunächst ältere Menschen. Doch deren Tod verkraftet sie als Gemütsmensch schwer, steckt den Verlust der ihr ans Herz Gewachsenen immer schlechter weg, bis sie schließlich die Beschäftigung aufgibt. Seit 1979 hat sie eine kleine Wohnung in der Arnoldstraße, wo ein Zebrafink ihr Gesellschaft leistet und die Morgenroutine strukturiert. Ihre Stütze bessert sie mit Flaschensammeln auf und durch den Verkauf gesammelter Utensilien auf dem Flohmarkt an der Bahrenfelder Trabrennbahn. Am liebsten aber trägt sie als HSV-Fan („Die Vereinsfarben finde ich schön!") Leergut rund ums Stadion zusammen. Der Besuch eines Heimspiels ist ihr größter Traum. Als ich sie frage, ob sie sich eine oder zwei Eintrittskarten wünsche, kommt die Antwort schnell: „Ich bleib allein, dann hab' ich meine Ruhe."

Maria hat zwei Kinder, einen Sohn in Elmshorn und eine Tochter, die in Horn in Hamburgs Osten wohnt. Deren Vater, mit dem sie nie verheiratet war, ist vor Jahren gestorben. Und dann erzählt sie noch von der magischen Zahl 7 in ihrem Leben, die bibelgetreu für magere und fette Jahre, für Schicksal und Glück steht. Ihr erstes Kind verlor sie im siebten Monat der Schwangerschaft. Später verfiel sie dem

Corona-konformes Gespräch mit Maria auf einer Bank des Altonaer Fernbahnhofs.

Alkohol, dem sie nach sieben Jahren eigenständig entsagte, wie sie stolz erzählt. Das Rauchen konnte sie sich aber nicht auch noch abgewöhnen. Ihre dunkle Zarah-Leander-Stimme legt davon Zeugnis ab.

Maria ist eine Einzelgängerin in der Bedürftigenszene. Mit ihren Traumata hat sie sich in ihrem beschädigten Leben eingerichtet, möchte und kann über in der Kindheit Erlebtes auch nicht noch mehr preisgeben. Vieles hat sie zum Schutz ihrer verletzten Seele weggepackt. Präzise Angaben? Fehlanzeige. Jahre, Daten, Aufenthaltsorte wirbeln in ihren Erzählungen durcheinander. Nur die Schläge als besondere Form der Demütigung durch die Nonnen blitzen in ihrem Narrativ immer wieder auf. Und so lässt sie auch mich nur einen Spalt breit in ihr Leben schauen.

Es ist laut auf der Bank zwischen den Gleisen, wo ICEs und Regionalzüge ein- und ausfahren. Marias Schweigen ist es auch. Ihre warmen Augen ruhen in einem von der Weißfleckenkrankheit gezeichneten Gesicht, für die psychischer Stress als häufiger Auslöser gilt. „Man muss ja klarkommen und das Leben so nehmen, wie es ist", sagt sie achselzuckend. „Es ist ja noch niemand durch Jammern glücklich geworden."

John

Geboren am 3. Mai 1945 in Hamburg

Der Meister der Floristik und langjährige NDR-Gartenexperte John Langley hat es sich zur Aufgabe gemacht, „Gardening & Naturverständnis“ als Botschafter zu vermitteln. Mit Erfolg hat der gebürtige Hamburger den Norddeutschen die vielfältigen Gartenthemen auf Augenhöhe nähergebracht.

Für „Mehr als eine warme Mahlzeit“ reist der mittlerweile in Husum lebende Langley gerne in die Elbmetropole: „Für mich bedeutet ehrenamtliches Engagement immer einen Mehrwert für unsere Gesellschaft. Zugewandtheit, Interesse, Freundlichkeit und Aufmerksamkeit sind für mich die Wörter, mit denen man diese Obdachlosen-Weihnacht beschreiben kann. Für mich ist der persönliche und wertschätzende Umgang mit Menschen in einem außergewöhnlichen Ambiente mitten in Hamburg immer ein besonderer Moment in der Adventszeit.

Dank der Intervention von Peter Sebastian und Jens Timm durfte ich seit 2015 aktiv an dieser Charity-Veranstaltung mitwirken. Ich erinnere mich noch sehr emotional daran, weil alle Aktiven mit helfenden Händen, aufmerksamen Augen und offenen Herzen einen unvergesslichen Abend für unsere geladenen Gäste geschaffen haben. Und weil jede weitere Hand in der großen Auktionshalle immer eine Aufgabe findet, durfte ich im Laufe der folgenden Jahre meine Partnerin Petra Schweim mitbringen.

Der Abend in der Fischauktionshalle bedeutet für mich, sich auf diesen emotionalen Moment einlassen zu dürfen, unmittelbar mitzuerleben, wie das gesamte Team in den unterschiedlichsten Aufgabenbereichen konzentriert, professionell und auf Augenhöhe engagiert ist, um der eigentlichen tieferen Botschaft des Abends ‚Mehr als eine warme Mahlzeit‘ gerecht zu werden. Dazu gehören natürlich nicht nur Essen und Trinken, Kultur, Musik und Unterhaltung, sondern auch das Bedürfnis einer wertschätzenden Wahrnehmung. Besonders diese sehr emotionale Begegnung ist mir in Erinnerung geblieben: eine intensive, begrüßende Umarmung (als das noch möglich war) von einer jugoslawischen Familie aus Bergedorf, die wirklich jedes Jahr ihre größer werdenden Kinder stolz zeigten. Ach ja, dann war da noch Klaus, der seinen dicken winterlichen Mantel in der gut geheizten Altonaer Halle nicht ausziehen wollte. Erst als ich versprach, dafür zu sorgen, dass auf seine schützende zweite Haut ganz, ganz doll aufgepasst wird, konnte ich ihn der Garderobe anvertrauen. Er lächelte, als ich ihm rechtzeitig zum Ende des Abends seinen wohl lebensrettenden Mantel zurückbrachte. Draußen zeigte sich ein leichter schmuddeliger hanseatischer Schneeregen. Alles richtig gemacht.

Für mich als Botschafter in den öffentlichen Medien (seit 1977) für den Umgang mit der Natur und durch die Mitwirkung in der Loki-Schmidt-Stiftung seit 2015 gibt es zudem einen Zusammenhang mit meinem Engagement für ‚Mehr als eine warme Mahlzeit‘: Der Fokus meiner häufig ehrenamtlichen Tätigkeit liegt auch auf ‚Juniorbürger/innen‘ – und hier explizit auf dem schulischen Förderbereich. Als langjähriger Unterrichtender in der beruflichen Aus-, Fort- und Weiterbildung konnte ich ‚Naturverständnis‘ vermitteln, und dazu gehört auch unbestritten der Mensch in seinem Lebensumfeld.

Ich wünsche der Initiative ‚Mehr als eine warme Mahlzeit‘, dass diese derzeit große mitmenschliche Bereitwilligkeit, Menschen gegenüber aufmerksam zu sein, erhalten bleibt. Es sollte unser gemeinsames Interesse sein, das Obdachlosenessen als wichtigen Beitrag zur Mitmenschlichkeit zu betrachten und zu erhalten.“

Rock nonstop!
ROCK ANTENNE
Rock nonstop!

Hristo

Geboren am 13. Juni 1960 in Pasardschik/Bulgarien

Er absolvierte als Torwart über 300 Spiele in der bulgarischen Fußball-Liga. Nach seiner Fehlinvestition in Finanzpyramiden stand er plötzlich vor dem Nichts. Doch in Hamburg fasste Hristo nach der Obdachlosigkeit wieder Fuß: auch als Torwarttrainer bei einem kurdischen Landesliga-Verein.

erima

„Ich war. Ich bin. Ich werde sein.“

Getroffen hatte ich Hristo bereits einmal beim DRK-Obdachlosenbus. Doch als er Mitte September 2021 auf der Außenterrasse des Café des Artistes vor mir steht, merke ich erst, wie charismatisch, gepflegt, gut gekleidet und braungebrannt der 61-Jährige ist; stolze 1,92 m groß, bestens gelaunt und redegewandt. Von der äußeren Erscheinung würde niemand auf einen Mann schließen, der einst in Fünf-Sterne-Hotels nächtigte und dann jahrelang in Hamburg „an der frischen Luft“, wie er es nennt, oder in Schlafstätten des Winternotprogramms. Die Dolmetscherin Sofiya aus dem Bulgarischen Honorargeneralkonsulat, die ich zum Gespräch dazu gebeten habe, ist ebenfalls sehr beeindruckt und verdrückt bei den Erzählungen des ehemaligen Profitorwarts die eine oder andere Träne.

Ja, mit dem Deutschen hadert Hristo noch etwas, aber immerhin spricht er mehr Sprachen, als den meisten Menschen in ihrem Leben vergönnt ist: Bulgarisch, Russisch, Serbisch, Koreanisch und Englisch. Dieses verdankt der im zentralbulgarischen Pasardschik geborene Goalkeeper auch seiner Profikarriere. Denn nach einer Ausbildung an einer Transportschule und dreijähriger Tätigkeit als Lkw-Fahrer absolvierte er zwischen 1982 und 1997 über 300 Spiele in der ersten und zweiten bulgarischen Liga und versenkte sogar einmal einen Elfmeter für sein Team. Die Mannschaften waren neben seinem Heimatclub FC Hebar Pasardschik die Vereine Swetkawiza Targowischte und FC Shumen 1929. Stolz zeigt er mir auf dem iPhone Fotos von seinen Triumphen im bulgarischen Fußball.

Im Jahre 1989 kommt Hristo mit dem FC Hebar Pasardschik zu einem Trainingslager nach Hamburg, absolviert Freundschaftsspiele beim HSV am Rothenbaum und fasst schon hier den Entschluss, eines Tages nach Hamburg zurückzukehren. Mit einem Schmunzeln erinnert er mich daran, dass die bulgarischen Nationalspieler Jordan Letschkow (1992–1996) und Petar Hubchev (1994–1996) noch Karriere beim HSV machen sollten und dass Letschkow bei der Fußball-WM 1994 mit seinem Siegtreffer für Bulgarien zum 2:1 das Aus für die deutsche Nationalmannschaft im Viertelfinale besiegeln sollte.

Auch einen Ausflug nach Asien bescherte Hristo seine Karriere im Leistungssport. Im Jahre 1993 ereilte ihn ein Anruf eines Freundes, dass der südkoreanische Club Yukong Elephants – heute Jeju United FC – auf der Suche nach einem Torwart sei. Hristo nahm die Herausforderung spontan an und war schon nach einer Woche in Seoul, wo er von 1993 bis 1994 beim Zweitligaclub zwischen den Pfosten stand. Es war die Zeit, als in den asiatischen Ligen gutes Geld verdient werden konnte und auch Gary Lineker, Guido Buchwald und Pierre Littbarski bei japanischen Clubs unterschrieben. Aber für den mittlerweile 33-jährigen Hristo entpuppte sich das zweimal täglich durchgeführte Training, bei dem er manchmal bis zu fünf Kilo an Gewicht abnahm, als zu anstrengend und brachte ihn an seine körperlichen Grenzen. Zudem war es eine Kicker-Karriere im goldenen Käfig: Kontakte gab es nur im Stadion, danach ging es ab in die Luxusherbergen. „Immerhin“, so Hristo

Hristo, bestens aufgelegt beim Gespräch auf der Terrasse des Café des Artistes.

heute, „habe ich in Südkorea mehr Geld verdient, als ich zu träumen wagte, und dies in Bulgarien investiert."

Aber das Investment löste sich innerhalb von sechs Monaten in Luft auf. Wie er steckten viele Bulgaren zu jener Zeit ihr Kapital in der Hoffnung auf rasch steigende Gewinne in sogenannte Finanzpyramiden, die nach dem Schneeballsystem arbeiten. Das Prinzip: Ständig müssen neue Anleger einzahlen, um den Zufluss frischen Geldes zu gewährleisten und die zugesagten Profite für die Altkunden zu garantieren. Wenn nicht mehr genügend frisches Geld nachfolgt, stürzt die Pyramide ein. Das Ergebnis: wenige Profiteure und viele Geschädigte. Der weltweit bekannteste Finanzbetrug dieser Art rankte sich 2008 um den Börsenmakler Bernard Madoff, dessen Investoren 65 Mrd. US-Dollar verloren.

Hristo spielt in der Heimat weiter Fußball, versucht sich mit einem Bekleidungsvertrieb, bis die Finanzkrise 2008 auch dieses Geschäftsmodell zum Einsturz bringt. Und last not least brennt ein Kumpel mit den letzten 10.000 Euro durch, die Hristo ihm geliehen hatte. Die Ehe zerbricht. Es ist dem Erfolgsverwöhnten sichtlich unangenehm, über diese Zeit zu sprechen. Der erfolgreiche Sportler steht vor dem Nichts. Am 16. Mai 2012 – an diesen Tag erinnert sich Hristo sehr genau – trifft er in Hamburg ein, „mit dem Bus und der Hoffnung auf eine Fußballkarriere". Es verschlägt ihn nach Wilhelmsburg in ein Hotel; das letzte Geld ist schnell verbraucht, eine Arbeit nicht in Sicht, und so

schläft er monatelang im Park, im Wald oder unter einer Brücke. Retrospektiv sagt er mit dem ihm eigenen Optimismus: „Das Training in Südkorea war härter als das Leben auf der Straße. Ich war positiv vorbereitet.“

Es würde noch sieben magere Jahre bis zu einer eigenen Zwei-Zimmer-Wohnung in Barmbek-Nord dauern, aber auch hier ordnet Hristo die eigenen Lebensprüfungen fatalistisch ein: „Es sollte in meinem Leben viel passieren, das ich aus- und durchhalten musste. Aber positiv für mich kann ich sagen, dass viele meiner Wegbegleiter aus der damaligen Zeit es nicht geschafft haben oder nicht mehr am Leben sind.“ Die Stationen neben der Straße und der Inanspruchnahme des Winternotprogramms waren vier Jahre in einem Obdachlosenwohnheim in Stellingen und für zwei Jahre ein Zimmer, das Hristo von Dr. Cengiz Sevinc bekam. Der Dentist aus dem Harburger Phoenix-Viertel richtete nicht nur kostenlos seine Zähne, sondern rekrutierte als Clubchef den ehemaligen Profikicker von 2014 bis 2016 als Torwarttrainer für den kurdischen Landesligisten Dersimspor. Immerhin stieg Fitra Rijono, der Goalkeeper des Vereins, unter Hristos Anleitung zur Nummer 1 in der Hamburger Landesliga auf. Hristo wird sehr emotional, wenn er über seinen Freund Cengiz redet, der ihm in seinem Leben so viele Türen öffnete und ihn 2020 erneut als Torwart-Coach rief, was Corona leider vereitelte.

Große Dankbarkeit empfindet er auch gegenüber zwei Frauen in der Stadt, die ihm in den schwierigsten Momenten seines Lebens zur Seite standen. Da ist die Sozialberaterin Velina Weber vom Diakonischen Werk, die u. a. eine feste Bleibe für ihn auftat. In der Diakonie-Tagesstätte in der Bundesstraße gab es Essen, Waschmöglichkeiten und Beratung in seiner Muttersprache. Und da ist Monika Kelting von der DRK-Obdachlosenhilfe, die ihn verlässlich mit Lebensmitteln und Kleidung versorgt(e).

Dafür, dass sein Leben wieder einen positiven Verlauf nahm, ist er aber vor allem Hinz&Kunzt bis heute sehr dankbar. Ein Mitarbeiter des Straßenmagazins hatte ihn einst in Stellingen beim Flaschensammeln angesprochen und ihn für das Verkäuferteam (Nummer 5645) rekrutiert. „Seit März 2013 ist die Zeitung meine Rettung und garantiert mir ein sicheres Einkommen, auch wenn ich gerade mal keine Arbeit habe", sagt der ehemalige Torwartstar. Früher verkaufte er das Blatt am Jungfernstieg, seit drei Jahren vor Karstadt, jetzt GALERIA, in der Mönckebergstraße. Auf ein Interview in Hinz&Kunzt hin berichtete die Hamburger Morgenpost über seine Geschichte, und das ZDF strahlte einen Beitrag aus. Es taten sich Jobs für Pflegedienste auf, und noch heute geht Hristo für pflegebedürftige Menschen einkaufen, verrichtet Arbeiten im Haushalt und hilft bei anderen Alltagssorgen.

Als ich mit Hristo rede, ist er gerade aus Bulgarien zurückgekehrt, wo er seinen Sohn Slawtscho und seinen Enkel Alex besucht hat, von denen er strahlend Fotos auf dem Smartphone zeigt. Slawtscho ist in die Fußstapfen seines Vaters getreten und hat als Torwart sogar in der ersten Liga gespielt, bis eine Knieverletzung seiner Profikarriere ein Ende setzte. Heute ist er Torwarttrainer bei einem Drittligisten und hat eine eigene Sendung beim Sofioter Kabel- und Satellitenkanal EUROCOM BG. „Mein ganzes Leben ist Fußball. Bis zum letzten Atemzug", sagt Hristo, der möchte, dass der HSV wieder in die 1. Bundesliga aufsteigt. Bei seinem Lieblingsverein, dem FC St. Pauli, hat er viele Freunde. Zu den engsten zählt seit fünf Jahren der ehemalige Innenverteidiger Jan-Philipp Kalla, der auch Erster Vorsitzender des Fördervereins FRIENDS CUP e.V. ist.

Erst kürzlich hat Hristo an einem Kursangebot der Diakonie mit dem Fotografen Mauricio Bustamante teilgenommen. Seine Lieblingsorte, das Treppenviertel in Blankenese und den Elbstrand, hat er fotografiert und sagt dazu: „Man braucht Motivation bis zum Lebensende und muss immer Neues ausprobieren. Meine Motive habe ich gewählt, weil meine Heimatstadt auch an einem Fluss liegt. Wo Wasser ist, fühle ich mich ruhiger." Den sympathischen Bulgaren haben die Disziplin und die Resilienz eines Leistungssportlers vor dem Untergang bewahrt. Ganz nebenbei erwähnt er, dass er seit 30 Jahren sein Gewicht von 92 kg gehalten hat. „Man muss Willen und Charakter im Leben haben und seinen Träumen folgen. Und manchmal spielt scheinbar der Zufall mit, wen man zu welcher Zeit trifft. Dabei geschieht aber alles nach Gottes Willen." Und dann zitiert er Rosa Luxemburg: „Ich war. Ich bin. Ich werde sein."

Sofiya Raleva vom Bulgarischen Honorargeneralkonsulat erwies sich als eine Dolmetscherin mit großem Herz.

Katharina

Geboren am 27. Februar 1977 in Bad Oldesloe

Die zweifache Mutter und Tochter eines Lehrerehepaares wuchs in Bargteheide auf, studierte Politikwissenschaften, Anglistik und Öffentliches Recht (M.A.) in Freiburg sowie Europawissenschaften (M.E.S.) in Berlin. Katharina Fegebank trat 2004 der Partei Bündnis 90/Die Grünen bei und wurde im Juni 2008 zur Vorsitzenden des Landesverbandes der Hamburger Grünen gewählt. Mit der Bürgerschaftswahl 2011 zog sie erstmals in die Hamburgische Bürgerschaft ein und übernahm den Vorsitz im Sozialausschuss. Sie konnte ihr Mandat mit der Bürgerschaftswahl 2015 bestätigen und ist seit April 2015 Zweite Bürgermeisterin und Senatorin für Wissenschaft, Forschung, Gleichstellung und Bezirke der Freien und Hansestadt Hamburg.

„Mit dem Thema Obdachlosigkeit kam ich bereits sehr früh in Berührung – angefangen in meiner Heimat in Bargteheide, wo ich meine Kindheit und Jugend verbracht habe. Vor dem örtlichen Supermarkt gab es einen Obdachlosen, mit dem meine Mutter regelmäßig gesprochen hat. Mir hat sie dann von den Begegnungen berichtet, weil ich für mich schon immer ergründen wollte, was Menschen ganz allgemein bewegt und wodurch ihre so unterschiedlichen Lebenswege gezeichnet werden. Als ich dann 2004 nach Hamburg kam und begann, mich aktiv politisch zu engagieren, beschäftigte ich mich auch mit sozialpolitischen Fragen. Und da spielten die Themen Bedürftigkeit und Armut eine große Rolle – immer ausgehend von der Frage, wie man in einer bunten und vielfältigen Stadt wie Hamburg Gerechtigkeit für alle erreichen kann.

Ich bin dann auf das wunderbare Angebot des Mitternachtsbusses der Diakonie gestoßen und habe dort angefangen, mich ehrenamtlich zu engagieren. An einem Abend im Monat bin ich immer mitgefahren und war Teil eines Teams von vielen Freiwilligen, die das mobile Angebot an mehreren Orten der Stadt und jeden Abend an 365 Tagen im Jahr für obdachlose oder bedürftige Menschen ermöglicht haben. Es gab für sie ein heißes Getränk, etwas zu essen, einen Schlafsack für kleines Geld sowie Kleidung. Vor allem aber ging es um ein offenes Ohr und ein weites Herz für diese Gäste am Bus. Dort habe ich unglaublich spannende, anrührende und auch erschütternde Geschichten gehört, die mich sehr demütig gemacht haben, weil ich festgestellt habe, dass das Schicksal dieser Menschen jeden von uns treffen kann. Das hat mich ziemlich gepackt, und so habe ich mich eine ganze Weile engagiert. Aus Zeitgründen durch mein verstärktes politisches Engagement musste ich meine Mitarbeit in der Bedürftigenhilfe aber leider ein-

stellen. Das Thema hingegen hat mich nie mehr losgelassen und immer noch einen Platz in meinem Herzen, meinem Denken und Handeln. Daher bin ich gern dabei, wenn ich mich bei Charity-, Benefiz- oder anderen Wohltätigkeitsveranstaltungen für von Obdachlosigkeit betroffene oder bedrohte Menschen engagieren kann, um sie und ihre Geschichten auch sichtbar zu machen.

Auch meine dreijährigen Zwillingstöchter sehen auf dem täglichen Weg aus der Kita in Richtung Supermarkt Menschen, die sich tagsüber und am frühen Abend auf der Straße aufhalten und in Häusereingängen sitzen, denen es manchmal auch gesundheitlich offensichtlich nicht so gutgeht. Sie fragen jetzt schon nach, was da los ist. Und natürlich erzähle ich ihnen, dass es Menschen gibt, die arm sind, denen es nicht gut geht, die allein sind und keine Freunde haben, die keine Wohnung und kein Zuhause haben, wohin sie abends gehen können. Ich finde es wichtig, in diesem Alter mit einfachen Worten ‚auf Augenhöhe' auch mit Kleinen umzugehen. Denn sie haben feine Antennen für Leid, Traurigkeit und Schmerz – mit hoher Sensibilität und Empathie. Eine meiner Töchter fragte kürzlich beim Anblick eines am Bein verletzten Obdachlosen, ob wir nicht einen Krankenwagen rufen müssten. Es ist unsere Aufgabe, den Blick auf und für diese Menschen schon früh mitzugeben: dass sie Teil dieser Gesellschaft sind und dass wir aufeinander Acht geben sollten, auch, wenn wir uns gar nicht kennen. Das sollte der Anspruch an eine Stadtgesellschaft sein.

Zerwürfnisse und Gewalterfahrungen in der Familie, schwere Schicksalsschläge, Jobverlust oder Fluchterfahrungen bringen leider auch junge Menschen immer häufiger über den Umweg der Couch bei Freunden auf die Platte – darunter viele junge Frauen, die in Abhängigkeitsverhältnissen leben. Überhaupt ist der Anteil obdachloser Frauen nicht zu unterschätzen. Hier ist die Dunkelziffer besonders hoch. Frauen – und das ist meine Erfahrung auch beim Mitternachtsbus – versuchen ihre Situation zu verbergen, achten auf Kleidung und Make-up und damit auf eine vermeintliche Normalität. Sie sind schlichtweg beschämt. Aber für junge Menschen gibt es manchmal noch einen Weg zurück in eine Normalität, anders als bei Bedürftigen mit langer

Straßenhistorie, die oft als nicht mehr ‚wohnfähig' gelten – ein Wort, das ich erst lernen musste. Unser Auftrag aber kann nur lauten: den Kreislauf zu durchbrechen, dranzubleiben, hinzuschauen, Ruhe und Strukturen zu schaffen, auch auf den verschiedenen Ebenen in der Politik. Tatsächlich geschieht hier auch bereits einiges, insbesondere in der Ansprache von jungen Menschen, durch Beratungsangebote und auf die Bedürfnisse von Jugendlichen ausgerichtete Schlafplätze.

Nochmals: Die Vielzahl an unterschiedlichen Geschichten und Schicksalen hat mir krass vor Augen geführt, dass Obdachlosigkeit wirklich jeden treffen kann. Daher sind diese Menschen nicht zu verurteilen. Wenn man etwa die Geschichte von einem Bundeswehrsoldaten hört, der über eine Traumatisierung hinaus noch einen persönlichen Schicksalsschlag erlitten, nicht mehr vom Sofa heruntergefunden und zur Flasche gegriffen hat. Dem dann die Wohnungskündigung die Begegnung mit der Straße verschaffte. Oder vom Schicksal einer Ärztin aus gutsituiertem Hamburger Stadtteil, die vormittags noch Patienten behandelte und am Nachmittag die Tür hinter sich zuzog und auf die Straße gegangen ist. Diese Geschichten sind mir unter die Haut gegangen. Geschichten völlig unabhängig von Status, Geschlecht oder Herkunft, religiöser Zugehörigkeit oder sexueller Orientierung. Jede und jeder kann irgendwann auf der Straße landen, ohne Netz und ohne ein Umfeld, das einen auffängt und stützt. Diese Erkenntnis lässt einen sehr demütig auf das eigene Leben und das private Glück blicken. Das ist meine Erkenntnis aus dem Mitternachtsbus der Diakonie. Er ist für mich ein Sinnbild dafür, wie wir als Gesellschaft zusammenleben und zusammenhalten können. Und daher ist es wichtig, dass es daneben so viele andere Hilfsorganisationen und Anlaufstellen gibt, wo sich viele tolle Ehrenamtliche engagieren, ihr Herz und ihre Leidenschaft einbringen und zudem bei dieser Arbeit für eine bessere Gesellschaft viel Freude und Erfüllung finden.

‚Mehr als eine warme Mahlzeit' ist eine fantastische Veranstaltung mit viel Herzblut, Liebe und Leidenschaft. Es ist eine Wohltat, die Bedürftigen und Obdachlosen in ihrer Freude, Ausgelassenheit und Dankbarkeit zu sehen. Das lässt diejenigen, die sich dort engagieren und ein Stück ihrer Zeit geben und ihre Herzen öffnen – so wie mich als ‚Kellnerin' – ebenfalls mit großer Dankbarkeit zurück. Es ist wundervoll, dass es Menschen gibt, die diese Veranstaltung ermöglichen, die so vielen eine tolle Zeit beschert. Mein Wunsch für die Zukunft ist, dass es diese Orte weiterhin gibt, wo man Begegnungen schafft, wo man ‚auf Augenhöhe' miteinander spricht und lachen kann. Wo man Freud und Leid miteinander teilt und gleichzeitig etwas Gutes tut: ein warmes, festliches Essen, das ganze Drumherum mit Musik und vielen kleinen und großen Überraschungen. Das ist sicher für viele Gäste einer der tollsten Tage im Jahr. Und einen kleinen Beitrag dazu zu leisten, ist das Mindeste, was man tun kann."

Hamburgs Zweite Bürgermeisterin serviert der ältesten Hinz&Kunzt-Verkäuferin Elsa (S. 28–31) das Dessert bei der Bedürftigen-Weihnacht.

Jan

Geboren am 5. April 1946 in Valkenburg/Niederlande

Der 75-jährige Holländer kann neben acht Jahren in Obdachlosigkeit weise auf ein bewegtes Leben zurückblicken: als Schauspieler, Marathonläufer, zweifacher Vater, Hinz&Kunzt-Verkäufer und Hobbymusiker.

ROMA

„Du wirst stark durch die Obdachlosigkeit.“

Wenn man mit dem in Valkenburg bei Maastricht geborenen Holländer Jan (75) redet, dann sitzt vor einem ein weiser Mann, der in sich ruht, den Künsten und den Menschen zugewandt ist und der nach den Irrungen und Wirrungen seines Lebens für sich entschieden hat: „Du musst erst dich selbst lieben, sonst kannst du auch deine Mitmenschen nicht lieben.“ Zur Selbstliebe zählte für den 15-fachen Marathonläufer auch während seiner achtjährigen Obdachlosigkeit das eigene äußere Erscheinungsbild. So reinigte er seine Kleidung regelmäßig im Waschsalon oder begab sich zur Körperpflege ins Schwimmbad oder in die Sauna.

Nach Volksschul- und Gymnasiumbesuch in den Niederlanden erwarb Jan an einer Pädagogischen Hochschule die Lehrbefähigung für Schüler bis zur 6. Klasse. Eine Ausbildung, die ihm vor Corona sehr zugutekam, da er über drei Jahre in den 4. Klassen von über 100 Schulen aus Kirsten Boies Kinderbuch über Obdachlosigkeit, „Ein mittelschönes Leben“, vorlas und mit den Kindern über das Leben auf der Straße sprach. In seinen bis zu zweistündigen Unterrichtseinheiten beließ er es aber nicht dabei, sondern vermittelte auch noch spielerisch Allgemeinwissen, etwa zu den Indianern Nordamerikas oder zur Frage, warum der Nord-Ostsee-Kanal gebaut wurde.

Bei diesen Bildungsreisen in die Vergangenheit konnte Jan seine Bühnenerfahrung einbringen. Denn 1966 ging er nach Wien, um an der Hochschule für Musik und Darstellende Kunst eine Ausbildung zum Schauspieler zu machen. Es folgten Engagements am Theater am Goetheplatz in Bremen, an der Freien Volksbühne in Berlin, am Wolfgang Borchert Theater in Münster, wo er einen Soloabend mit Gedichten von Annette von Droste-Hülshoff bestritt. Und selbst als Jan schon lange obdachlos war, stand er 2004 als alter Tischler Gepetto, der die Marionette Pinocchio geschnitzt hat, auf der Bühne des Stadttheaters Lübeck. Er schlief nachts im Probenraum; davon, dass Jan auf Platte war, bekam niemand im Ensemble etwas mit.

Jan dachte lange, dies würde sein letztes Engagement sein. Umso mehr hat ihn Mitte August 2021 die Mitarbeit am Performance-Parcours des Künstlerinnen-Duos Douin & Schultz beflügelt, wo er im Rahmen des Kultursommer Hamburg eine von sieben Stationen gestalten durfte. Ein Projekt, mit dem er sich wochenlang auseinandersetzte. „Endlich habe ich wieder geschrieben, selbst Regie geführt und gespielt“, sagt er stolz. Thema des „Capsule City“-Parcours war die künstlerische Auseinandersetzung mit den persönlichen Einschränkungen im Rahmen von Covid-19 sowie die Veränderung der Nutzung privater Wohnräu-

Jan beim Gespräch auf der Terrasse seines Lieblingscafés FELE in Hoheluft-West.

me im Lockdown. Jan ging es bei seiner Umsetzung des Themas darum, nach zweiminütiger Stille und einer balinesischen Zeremonie den Blick auf individuelle Schicksale im Verlauf der Pandemie zu richten. Sein Kunstgriff: Der Lehrer einer Videokonferenz mit Schülern telefoniert im Himmel mit einer verstorbenen Nachbarin. „Große Zahlen sind abstrakt und berühren die Menschen nicht, auch wenn mehr Corona-Tote zu beklagen sind als Lüneburg Einwohner hat," sagt Jan, dessen Telefonat mit dem Jenseits am Spielort Planten un Blomen Betroffenheit erzeugte.

Jan hat eine Tochter, die im Hessischen wohnt, und einen Sohn, der Tauchlehrer auf den Philippinen ist, aber wegen Corona derzeit in Bremen lebt. Für vier Jahre hatte Jan sich einst als Hausmann um die Kinder gekümmert. Zu seinen sechs Enkelkindern, zwischen einem Jahr und 21 Jahren alt, pflegt er einen engen Kontakt. Die Ehe mit seiner Frau Ute, die er in Celle kennengelernt hat, die Sozialpädagogik studierte und später als Frauenbeauftragte in Bremen arbeitete, zerbrach nach sieben Jahren. Damit geriet auch Jans Leben aus den Fugen. Neben Depressionen verfiel er für 25 Jahre der Spielsucht, bis es ihm durch autogen-tiefenpsychologische Übungen gelang, „mit meinem Unterbewusstsein zu sprechen und clean zu werden".

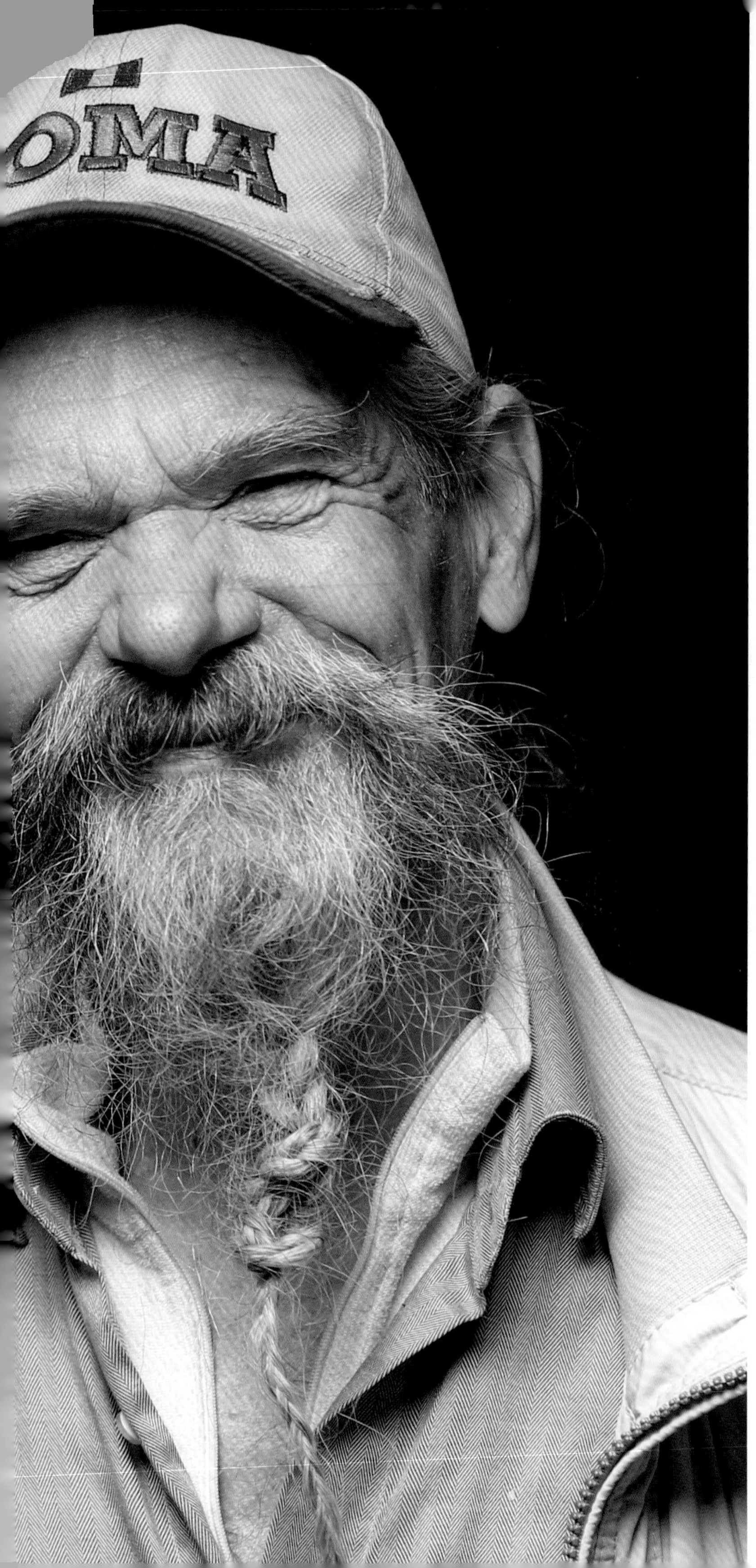

Seine Obdachlosigkeit, ab dem Jahr 2000 zuerst in München, dann ab 2002 in Hamburg, verlangte ihm bis 2008 viel ab. Er schlief auf Kinderspielplätzen, in Abbruchhäusern oder auf dem Dachboden über der Wohnung einer älteren Frau und besserte seine finanzielle Situation immer wieder mit kleinen Jobs auf: vom Schneeräumen bis zu Arbeiten beim Bühnenaufbau für ein Robbie-Williams-Konzert. Jan sammelte Flaschen, aß Essensreste aus Mülleimern und – ein Husarenstück – frühstückte sogar mit einem ehemaligen Angestellten des Luxushotels in der Personalkantine des Bayerischen Hofs. Oft schämte er sich, wenn er irgendwo lag, wo Reinigungskräfte ab 5.00 Uhr morgens sauber machten, und richtete es so ein, dass er vor deren Schichtbeginn fort war. Er beschreibt das Leben auf der Platte als rau und hart: permanente Diebstähle, nächtliche Bedrohungen und der schroffe Umgang der Wohnungslosen untereinander. „Meine eigene Sprache verrohte, meine Zähne sind in dieser Zeit zugrunde gegangen. Aber du wirst stark durch die Obdachlosigkeit. Ich habe mich entdeckt und konzentriere mich nur noch auf wesentliche Dinge."

Wesentlich sind für Jan Kontakte wie die zu Kunden, denen er seit 2005 am Isemarkt, vor Lidl in der Behringstraße und am Spritzenplatz in Ottensen Hinz&Kunzt verkauft. Das soziale Miteinander steht dabei für ihn im Mittelpunkt. „Ich kann gut zuhören", sagt Jan, der sich jede Woche auf eine 94-jährige Frau freut, die zu seiner Verkaufsstelle am Markt kommt – nicht, um das neueste Heft zu erwerben, sondern um ihm aus ihrem Leben zu erzählen. Der Verkauf des Straßenmagazins kommt seinem geordneten Lebensstil sehr entgegen. „Ich gehe zur Arbeit. Das schult die Selbstdisziplin und hilft mir, mein Leben wie ein Selbstständiger zu regulieren, frei und nach eigenem Rhythmus", so Jan. Und natürlich würde seine kleine Rente allein auch nicht reichen, seinen Lebensunterhalt zu finanzieren.

Seine Einnahmen aus dem Hinz&Kunzt-Verkauf nutzt er, um die Miete für seine 20-m²-Wohnung der Lawaetz-Wohnen&Leben gGmbH in den Grindelhochhäusern zu finanzieren. Dem Sozialstaat – um dessen Zukunft er sich große Sorgen macht – möchte er, solange er für sich selbst sorgen kann, nicht auf der Tasche liegen. „Es wurde vergessen, das Sozialsystem an die neuen Realitäten anzupassen", so sein Fazit. „Wir tun so, als lebten wir noch im Wirtschaftswunderland."

In seiner festen Bleibe seit 2009 liest Jan viel. Gerade befasst er sich erneut mit den Werken Franz Kafkas – diesmal durch die Brille einer reichen Lebenserfahrung. Und hier an der Brahmsallee – mit Blick auf Bäume und einen Kindergarten – fühlt sich Jan, ein Philosoph der Straße, wohl und widmet sich seit Beginn seiner Sesshaftigkeit jeden Morgen dem Geigenspiel. Und wenn er unterschiedlichen Interpretationen von Bachs Chaconne in d-Moll, sei es von Gidon Kremer oder Yehudi Menuhin, auf YouTube folgen will, nutzt er das freie MobyKlick-WLAN in der nächstgelegenen U-Bahn-Station. Er sei sehr zufrieden, sagt Jan zum Abschluss. Und dann folgt ein halbreligiöses Bekenntnis: „Ich weiß nicht, ob es Gott gibt. Aber ich bedanke mich morgens bei ihm, dass ich da bin. Ich segne meine Speisen und spreche abends ein Gebet aus meiner Kindheit."

Gästeporträts aus dem Dezember 2019 bei
„Mehr als eine warme Mahlzeit"
in der Fischauktionshalle.

Teil 2

PRO

OKLAHOMA
CITY

WOLF PACK

SONY

Verkäuferausweis
6608
Hinz&Kunzt

Xmas

TEAM PLATI

MAUI
SPORTS

Peter

Geboren am 25. September 1953 in Hamburg

Der Sohn eines Obstbauern aus Finkenwerder ist Komponist, Arrangeur, und Bandleader. Peter Schuldt studierte an der Musikhochschule Hamburg, arbeitete als leidenschaftlicher Musiklehrer an der Gesamtschule Harburg (heute Goethe Schule) und leitet seit dem 20. Lebensjahr in seinem Heimatstadtteil die „Liedertafel Harmonie Finkenwärder von 1865“. Zwischen 2007 und 2020 war er Projektleiter der Behörde für Schule und Berufsbildung und Leiter des Chormoduls und Musikprojekts „The Young ClassX“, an dem sich mittlerweile 56 Schulchöre in ganz Hamburg beteiligen. Herzstück und Vermächtnis seines Musikerlebens aber ist seit 22 Jahren Gospel Train, einer der besten Jugendchöre Deutschlands, mit mehr als 110 Sängerinnen und Sängern aus rund 30 Nationen. In den Songs geht es immer um grundlegende Werte wie Liebe, Freundschaft, Toleranz und Hilfsbereitschaft. Und so gab der Chor auch am 3. Dezember 2019 ein umjubeltes Debüt bei „Mehr als eine warme Mahlzeit“. Peter Schuldt stellt seinem Beitrag zwei Zitate voran, die sein Leben geprägt haben: „Sei du selbst die Veränderung, die du dir wünschst für diese Welt.“ (Mahatma Gandhi) und „Nur wer selbst brennt, kann andere entzünden.“ Dieses Zitat des Bischofs Augustinus Aurelius war das Lebensmotto seines Lehrers und ehemaligen Musikhochschulpräsidenten Prof. Hermann Rauhe.

„Was hat Obdachlosigkeit mit meinem Leben zu tun? Oberflächlich betrachtet einmal fast gar nichts. Wenn ich allerdings auf die Weggabelungen in meinem eigenen Leben zurückschaue, stelle ich fest, dass ich das große Glück hatte, in den entscheidenden Momenten die richtigen Stellschrauben und überhaupt Alternativen gefunden zu haben. Das war wirklich häufig einfach Glück und Zuspruch von

Musikalischer Höhepunkt der Bedürftigen-Weihnacht 2019 war der Auftritt des Jugendchors „Gospel Train" mit Dirigent Peter Schuldt am Keyboard.

anderen. Wenn ich oft nicht weiterwusste, ging irgendwo eine Tür auf, jemand reichte mir seine Hand und sprach mir so viel Mut zu, dass ich den richtigen Weg finden konnte. Schnell wird dann klar, dass ich auf vielen verlässlichen Säulen stehe, wie u.a. Gesundheit, Familie, Ehe, Beruf, Freunde. Jedem dürfte klar sein, welch einschneidende Wirkung schon das Wegbrechen einer Säule verursachen kann. Alles gerät aus dem Gleichgewicht. Wer kennt dies nicht? Und doch machen wir es uns selten bewusst. Einschnitte wie eine schlimme Krankheit, der Tod der Eltern oder der Verlust des Arbeitsplatzes gehen manchmal schon über die Grenzen des Erträglichen hinaus. Auf jeden Fall nehme ich in sehr großer Dankbarkeit zur Kenntnis, dass ich im Leben auch einfach viel Glück hatte.

Ich habe meine Leidenschaft zur Musik zum Beruf machen dürfen. Schon als Kind habe ich ständig Klavier und Gitarre gespielt, immer zum Leidwesen meiner Familie gesungen, mir ständig neue Lieder ausgedacht und einfach Songs aus dem Radio nachgespielt und interpretiert. Es war auch immer jemand da, der mir geholfen und Mut zugesprochen hat, auf Talente zu setzen. Dies war für meine Eltern eine große Enttäuschung, denn ich sollte den bäuerlichen Hof übernehmen.

Besonders die Arbeit mit jungen Menschen im Chor Gospel Train macht es mir möglich, neben allen musikalischen Elementen eine ganze Menge Orientierung, Philosophie und Gemeinsinn hinzuzufügen. Hier kann ich alle die Dinge, die mir viel bedeuten, weitergeben. Begabungen zu entdecken und zu fördern, Angst zu nehmen, Orientierung zu stiften und Mut zu machen, ins Risiko zu gehen. So entsteht ein mächtiges Gruppengefühl, das erst auch große und authentische Leistungen möglich macht. Dieser Chor ist wie eine Familie.

Nun kommen noch wesentliche Elemente hinzu, die eben sinnstiftend sind. Wir engagieren uns alljährlich bei rund 25 Konzerten für andere. Für Herz As, eine Tagesaufenthaltsstätte für Wohnungslose, geben wir schon seit 12 Jahren in Zusammenarbeit mit dem Lions Club Hamburg-Hammonia Konzerte in der Laeiszhalle. Durch die Arbeit an unserer CD ‚Seelenfutter' ist auch der Kontakt zum FRIENDS CUP Förderverein e.V. und zu Sven Flohr entstanden. Als wir das erste Mal mit Gospel Train die frisch geschmückte Fischauktionshalle betraten, nahm uns alle eine feierliche und unbeschreibliche Stimmung gefangen. Dieser große festliche Raum, geflutet mit Kerzenlicht, bot die Bühne für Menschen, die tagsüber auf der Straße leben. Dieser Gefühlskontrast bringt jeden zum Nachdenken und kreiert erst einmal Verunsicherung. Man stellt sich die Frage: ‚Was kann ich tun, und ist es wirklich genug?' Diese Menschen kommen aus der Kälte – betreten diesen wundervoll geschmückten Raum – und gehen dann wieder zurück auf die Straße. Dabei immer in Angst um ihre wenigen Habseligkeiten. Es ist etwas Besonderes, wenn man von der Bühne aus quasi Aug in Aug voreinander steht. In der ersten Reihe waren dann auch noch Kinder. Wir schauten in erster Linie in fast regungslose Gesichter. Die Freude des Moments muss man anders herauslesen. Sie ist nicht laut, sie ist still und in sich gekehrt. Auf jeden Fall wurde mir sofort klar: Wir treten hier immer wieder auf, wann und wo, das ist egal!

Für unsere Sängerinnen und Sänger war es ein unglaubliches Erlebnis. Durch die Gänge mit den geschmückten Tischen konnten wir nicht mehr zur Bühne gelangen, weil alle Gäste ihre gesamten Habseligkeiten mitgebracht hatten – aus Angst, dass etwas gestohlen werden könnte. Für jeden von uns bekam Obdachlosigkeit ein Gesicht. Besonders die Kinder an der Bühne brachen uns das Herz. Man erfährt von unzähligen Geschichten, die einen demütig werden lassen. Zwei Sängerinnen haben spontan zusammen mit einer Mutter eine eigene Initiative gegründet und verteilten Kleidung und Lebensmittel direkt vor Ort. Ich bin immer dann besonders beeindruckt, wenn Sängerinnen und Sänger selber initiativ werden. Mir hat das wieder einmal gezeigt, zu welch großartigen Leistungen junge Menschen fähig sind, wenn sie aus eigenem Antrieb heraus etwas unbedingt wollen. Auch mich erfüllt dies mit großem Stolz, und ich bin froh, mit solch coolen und großartigen Menschen arbeiten zu dürfen.

Es geht nicht darum, einen Song sauber und gut zu singen. Es geht um Ausdruck und Performance, damit andere uns abnehmen, was wir ausdrücken wollen. Automatisch variiert man Stimmungen und Stimme, und durch positive Rückmeldungen aus der Gruppe kann Großes wachsen. Positives Feedback der anderen Solisten fördert einen Boden zum Experimentieren und Ausprobieren. Nur wer Komfortzonen überschreiten kann, wird Außergewöhnliches vollbringen. So wächst das Vertrauen in die eigene Leistungsfähigkeit. Und wenn dann Feedback aus dem Publikum kommt, ist die Spirale kaum noch aufzuhalten. Solisten sind selbstkritischer als andere, und deshalb ist ein ehrliches Feedback unglaublich wichtig. Gleichzeitig sind diese Sängerinnen und Sänger auch Vorbilder, an denen sich andere orientieren. Zudem helfen sie bei allen Proben als Coaches. Chor und Solisten bilden eine Einheit. Jeder Solist ist elementarer Bestandteil des Chores, und man muss schon sehr viel Freizeit opfern, um bei allen Konzerten dabei sein zu können. Es ist eine Freude zu sehen, wie viele großartige Solisten aus Gospel Train hervorgegangen sind und wie lange sie selbst nach dem Ausscheiden aus der Schule dem Chor verbunden geblieben sind. Sie sind eben Vorbilder. An ihnen orientieren sich junge Nachwuchssolisten und sie schaffen auch in der Öffentlichkeit eine große Identifikation. Das Publikum nimmt Anteil und fragt nach, wenn jemand fehlt. Ihr Wort zählt.

Wenn man jungen Menschen dies vermitteln und es sie erleben lassen kann, so ist das ein sicherer Weg, um ein Leben lang auf seine Säulen zu achten und sie zu stärken, damit man auch mit Rückschlägen irgendwie klarkommt. Wir jedenfalls bleiben am Ball und spenden von jeder verkauften CD ‚Seelenfutter' 1 Euro an den FRIENDS CUP Förderverein e.V. Wenn einem wirklich klar wurde, dass man im Leben sehr viel Glück hatte, hat man ein großes Bedürfnis, anderen zu helfen, die nicht gerade auf der Sonnenseite des Lebens stehen."

Harry

Geboren am 26. April 1960 in Hamburg
Verstorben am 5. Dezember 2019 in Hamburg

Er war ein Junge vom Kiez. Sein „Lüttn' Grill" in der Schanze war Legende. Ebenso wie sein großes Herz für Menschen, denen das Leben übel mitgespielt hat. Immer hatte er dabei den Satz seiner Oma im Ohr: „Du musst im Leben etwas zurückgeben, wenn es dir viel geschenkt hat." Und so unterstützte er über viele Jahre begeistert die Bedürftigen-Weihnacht in der Fischauktionshalle. So auch am 3. Dezember 2019. Sogar sein letztes Instagram-Posting galt „Mehr als eine warme Mahlzeit". Aber zwei Tage nach der Veranstaltung setzte der TV-Imbisstester Harry Schulz seinem Leben ein Ende. Die Nachricht hinterließ große Trauer und traf alle aus dem Team von FRIENDS CUP Förderverein e.V. wie ein Schlag in die Magengrube.

Sein SAT.1-Kollege Matthias Killing schrieb:
„Du warst ein Gewinn auf der Welt.
Nun bist du ein Gewinn im Himmel."

FRIENDS
CUP
Förderverein e.V.
Mehr

Jens

Geboren am 26. Juni 1961 in Hamburg

Er ist der REWE Mann hinter den Kulissen von „Mehr als eine warme Mahlzeit" und Mitstreiter der ersten Stunde beim FRIENDS CUP Förderverein e. V., wo er als Mitglied mit der Nummer 007 geführt wird: Jens Timm, Gebietsmanager der REWE Nord und verantwortlich für 15 REWE Märkte im Raum Hamburg. Als er von Sven Flohr und seinem damaligen Haussender alsterradio 106,8 vor elf Jahren gebeten wurde, auf der Trabrennbahn in Bahrenfeld eine Obdachlosen-Weihnacht zu unterstützen, musste er nicht lange überlegen. Die Zeit war knapp, dennoch ist es ihm gelungen, etwas Großes auf die Beine zu stellen. Wer Jens Timm kennt, weiß: Er ist ein Mann, der das Unmögliche möglich macht. Schnell holte er REWE Industriepartner mit ins Boot und organisierte Sachspenden für die Geschenktüten, die den Gästen alljährlich nach der Weihnachtsfeier überreicht werden. Am Ende stellte sich in der Vorweihnachtszeit nicht die Frage nach der Machbarkeit, sondern nach der Umsetzung: Wie sollte man es in der Kürze der Zeit schaffen, all die Berge von nützlichen Artikeln in den Hamburger Westen zu transportieren? Im ersten Jahr von „Mehr als eine warme Mahlzeit" kümmerten sich noch ehrenamtliche Helfer um diese Aufgabe. Doch schon im Folgejahr übernahmen Jens Timm und REWE hier das Ruder und organisieren seither die Logistik. Und nicht nur das: Bald darauf führte der 60-jährige Vertriebsmann auch die REWE Pfandspenden-Aktionen ein, die heute einen Großteil der Kosten für Technik, Ausstattung, Heizung, Personal und Wareneinsatz für das Drei-Gänge-Menü in der Fischauktionshalle decken. Damit die Zuwendungen auch zu 100 Prozent in die gute Sache fließen konnten, wurde kurzerhand der gemeinnützige FRIENDS CUP Förderverein e. V. als Trägerverein gegründet. Darüber hinaus holte Jens Timm die Unser Norden Stiftung der Kieler coop eG mit an Bord, die ab sofort die Finanzierung des Sommerfestes für Bedürftige in Hamburg übernimmt. Das Barbecue feierte am 12. September 2021 seine gelungene Premiere auf dem Gelände des REWE Center Altona. Und bereits jetzt hat Jens Timm Pläne für 2022: „Ich hoffe, dass wir unseren Gästen im nächsten Jahr auch noch ein begleitendes Kulturprogramm bieten können." Für Jens Timm ist die Unterstützung von Bedürftigen nicht nur eine Selbstverständlichkeit, sondern eine Herzensangelegenheit; sein Engagement ist regelrecht ansteckend. Kein Wunder also, dass sowohl die REWE als auch die Industriepartner voll hinter den Aktionen stehen. „Ich bin sehr dankbar, dass ich das durch und für REWE machen darf", erzählt er mit der ihm typischen Bescheidenheit. Und so wirbt er unermüdlich für vom Schicksal hart Getroffene, die oft schuldlos in eine prekäre Situation geraten sind. Den Lohn für seine Arbeit zieht er aus der Dankbarkeit der Bedürftigen, die ihm schon bei der ersten Geschenktütenübergabe die eine oder andere Träne ins Auge trieben. Der Schlager- und HSV-Fan ist eben ein Mann mit rauer Schale und großem Herzen. „Mir geht es sehr gut, ich bin beruflich abgesichert, habe ein Dach über dem Kopf und genug zu essen. In einer solchen Situation sollte man der Gesellschaft auch etwas zurückgeben." Das tut er gemeinsam mit seinem Arbeitgeber REWE, den Jens Timm als soziales und nachhaltiges Unternehmen sehr schätzt.

Damit ist er nicht nur das gute Gewissen der REWE im Norden, sondern auch Ansprechpartner rund um soziale Projekte. So unterstützt er zum Beispiel auch das Kinderhospiz Sternenbrücke sowie Peter Sebastians Förderkreis unfallgeschädigter Kinder e. V. Jens Timm ist ein überaus empathischer und toleranter Freund, der nach der Devise „Nicht verurteilen, sondern helfen." lebt. Ihm geht es darum, sich ein optimistisches, fröhliches Gemüt zu bewahren – eben ganz nach seinem Lebensmotto, das er der Refrain-Zeile von Nessajas Lied aus „Tabaluga" entnommen hat: „Ich wollte nie erwachsen sein."

Stephan & Oliver

Geboren am 17. Juli 1980 in Hamburg & am 4. September 1966 in Hamburg

Sparda-Bank Hamburg eG: Mit Engagement und Tatkraft für die Region

Was einer allein nicht schafft, das schaffen viele! „Als Genossenschaftsbank engagieren wir uns für die Förderung unserer Mitglieder und übernehmen gesellschaftliche Verantwortung in unserer Region", erläutert Oliver Pöpplau, Vorstandsvorsitzender der Sparda-Bank Hamburg eG, das genossenschaftliche Selbstverständnis seiner Bank. Mit ihrer mehr als 110-jährigen Geschichte kennt die Bank die Menschen in ihrem norddeutschen Geschäftsgebiet und setzt auch bei der Förderung gemeinnütziger Initiativen auf die Kraft der Gemeinschaft.

Die Sparda-Bank Hamburg hilft direkt dort, wo Unterstützung benötigt wird. So werden jährlich mehr als 100 gemeinnützige Projekte in Hamburg, Schleswig-Holstein und Nordniedersachsen mit insgesamt mehr als einer Million Euro aus Mitteln des Gewinnsparens gefördert. Gemeinsam mit ihren Mitgliedern, die durch den Erwerb von Gewinnsparlosen die Idee des gemeinschaftlichen Helfens unterstützen, hilft die Genossenschaftsbank, viele Herzensprojekte aus den Bereichen Soziales, Umweltschutz und Sport in die Tat umzusetzen. Mit der Kraft der Gemeinschaft lassen sich auch in bewegten Zeiten viele gemeinnützige Projekte realisieren. Soziales Engagement hat viele Gesichter: So engagiert sich die Sparda-Bank schon seit vielen Jahren in der Obdachlosenhilfe. Die Bedürftigen-Weihnacht „Mehr als eine warme Mahlzeit" fördert die Bank bereits seit 2016. Hier erleben 450 Obdachlose an festlich gedeckten Tischen, mit einem Drei-Gänge-Menü und Entertainment, eine stimmungsvolle und harmonische Feier in der Hamburger Fischauktionshalle. Es geht bunt, laut und fröhlich zu mit Live-Musik, Show-Programm und Kostümen. Prominente, Stars und Sternchen verwandeln sich an diesem Abend in Kellnerinnen und Kellner und bewirten die Gäste, die sonst oft unsichtbar sind. Hinter den Kulissen der traditionellen Weihnachtsfeier für Obdachlose helfen auch Mitarbeiterinnen und Mitarbeiter der Sparda-Bank fleißig beim alljährlichen Packen der Geschenktüten sowie beim Anrichten der Speisen. „Wir möchten nicht nur finanziell fördern, sondern auch direkt vor Ort helfen und aktiv unseren Beitrag leisten," so Stephan Liesegang, stellvertretender Vorstandsvorsitzender der Sparda-Bank Hamburg. „Ein ganz liebes Dankeschön geht an unsere Mitglieder, die mit ihren Gewinnsparlosen dazu beitragen, hilfsbedürftigen Menschen unserer Stadt diesen wunderschönen Abend schenken zu können."

Stephan Liesegang (links, stellvertretender Vorstandsvorsitzender)
und Oliver Pöpplau (Vorstandsvorsitzender)

Britta & Heinz-Gerhard - die Autoren

Britta und Heinz-Gerhard Wilkens, seit 2017 verheiratet, wurden 2018 Mitglieder beim FRIENDS CUP Förderverein e.V. Beide sind seit 2019 begeisterte Kleingärtner und seit 2021 Angestellte des Labradoodle-Welpen Kalle aus dem Tierheim Süderstraße.

Britta, 1962 in der Hansestadt geboren, ist waschechte Hamburgerin. Nach ihrem Studium der Betriebswirtschaftslehre mit Abschluss „Diplom-Kaufmann" (so wurde es beurkundet!) begann sie ihre berufliche Karriere 1987 in der Touristikbranche, entwickelte Hotelkonzepte für Varia Touristik in Hamburg, baute für Gulet Touristik in Wien die Clubkette MAGIC LIFE auf und war für das Produktmanagement Asien (Malediven, Sri Lanka, Seychellen, Mauritius, Indien, Thailand) sowie für die Reisekatalogentwicklung bei ÖGER TOURS in Hamburg verantwortlich. Im Jahre 1993 wechselte sie in die PR-Branche, zunächst als Teamleiterin bei APR/Wilkens und dann in die Markenkommunikation bei Kohtes Klewes, wo sie u.a. die Etats von Tchibo, BAT und Villeroy & Boch betreute. Selbstständig machte sich Britta dann im Jahre 2000 mit TED Geyer Communications, einer Agentur für Presse- und Öffentlichkeitsarbeit. Hier unterstützt sie Kunden aus der Finanzdienstleistungsbranche, bei der Gesundheitskommunikation und der Sozial-PR.

Heinz-Gerhard wurde 1955 in Rendsburg am Nord-Ostsee-Kanal geboren und kam 1979 als Quiddje nach Hamburg. Nach dem Studium der Germanistik, Anglistik und Medienwissenschaften an den Universitäten Kiel, Tübingen, Gießen, Edinburgh und Hamburg war er als freier Mitarbeiter beim NDR-Landesfunkhaus Hamburg in der Bibliothek, dem Schulfunk und im Hörspiel (heute Podcast) tätig. Es folgte eine Zeit in der Erwachsenenbildung bei der Inlingua Sprachschule in Hamburg und zehn Jahre als Press & Information Officer am Britischen Generalkonsulat in der Hansestadt, wo er für politische Analysen und die Medienarbeit in Norddeutschland zuständig war. Die letzten 25 Jahre bis zu seinem Eintritt in den Unruhestand im Mai 2021 leitete Heinz-Gerhard die Abteilung Unternehmenskommunikation der HanseMerkur Versicherungsgruppe, wo er auch den ältesten Sozialpreis Deutschlands, den HanseMerkur Preis für Kinderschutz, betreute und für die CSR- und Nachhaltigkeitsberichterstattung verantwortlich zeichnete. Nach den Sommerferien 2021 konnte er endlich in seinen ursprünglich erlernten Beruf wechseln: Er unterrichtet an der Stadtteilschule Alter Teichweg in Hamburg-Dulsberg Deutsch in den Internationalen Vorbereitungsklassen und gehört zum Team des Schulradios LOCKDOWN LIVE. Ehrenamtlich ist er u.a. seit Anfang 2020 in der Obdachlosenhilfe des DRK Hamburg-Nordost tätig.

Carlos - der Fotograf

Carlos Kella, Jahrgang 1968, lebt und arbeitet in Hamburg. Zur Fotografie kam er auf Umwegen: Der gebürtige Hamburger Carsten Kähler wechselte nach seiner Lehre zum Industriekaufmann in die Kommunikationsbranche, absolvierte ein Studium zum Kommunikationswirt und sammelte Erfahrungen in den Bereichen Verkaufsförderung, Beratung, Konzeption und Produktion bei verschiedenen Agenturen. 1994 erfolgte die Gründung der Agentur Kähler & Partner, 2004 dann die Umfirmierung in Kähler & Kähler. Diese Agentur für Medienübergreifene Kommunikation leitet Carsten bis heute als Geschäftsführer. Seiner großen persönlichen Leidenschaft, der Fotografie, folgend publizierte er 2007 seinen ersten Bildband unter dem Künstlernamen Carlos Kella im Eigenverlag, der seit dem Jahre 2012 unter SWAY Books firmiert. Neben den künstlerischen Arbeiten zeigt Carsten Kähler alias Carlos Kella sein Fingerspitzengefühl für den Augenblick auch in den Bereichen Advertising/ Corporate, Produkt- und Imagefotografie, bei klassischen Porträts und Dokumentationen. Zu seinen Kunden als Fotograf gehören heute bundesweit Agenturen, Direktkunden aus der Industrie, Dienstleistungs-/Handelsunternehmen, Gastronomiebetriebe, Institutionen sowie Verlage. Soziales Engagement beweist Carlos seit 2005 – unter dem Motto „Hamburger helfen Hamburgern" – in dem gemeinnützigen Verein Störtebeker Liekendeeler e. V. als ehrenamtlicher Kassenwart. Carlos und Sven Flohr vom FRIENDS CUP Förderverein e. V. verbindet seit Jahren eine enge, freundschaftliche Geschäftsbeziehung. Carlos zögerte nicht und verlegte kurzerhand sein Fotostudio in die Fischauktionshalle, als Sven bei ihm anfragte, ob er die Veranstaltung „Mehr als eine warme Mahlzeit" 2019 fotografisch begleiten würde. Aus „Auf Augenhöhe" mit 10 Prominenten und 11 Bedürftigen entsteht so die ausdrucksstarke schwarz-weiße Bilderreihe für den vorliegenden Bildband, die im Nachgang im hauseigenen Fotostudio von Carlos Kella ergänzt wurde.

„Die Fotoshootings waren sehr bewegend für mich. Es ist ein tolles Gefühl, den Menschen eine besondere Wertschätzung zu geben und einen Moment der Wichtigkeit – sie wurden ja nicht einfach nur fotografiert, sondern mein Anspruch war es, hinter die Fassade zu schauen und das jeweilige Individuum zu entdecken. Um den Protagonisten die Scheu zu nehmen und ihr Vertrauen zu erlangen, halfen kleine Gespräche, die auch in den allermeisten Fällen dazu führten, dass die Porträtierten sehr schnell mit viel Spaß und Engagement bei der Sache waren."

Der Charity-Shop

Eine Auswahl der Motive von Carlos Kella aus dem Buch gibt es im Onlineshop vom Förderverein als Drucke für zu Hause oder fürs Büro. Die Drucke sind in zwei Formaten (30 x 30 cm und 50 x 50 cm) erhältlich. Als Material stehen Leinwand, Dibond oder Acryl zur Auswahl. Der Erlös der Drucke fließt – wie auch bei diesem Buch – in die Bedürftigenarbeit vom FRIENDS CUP Förderverein e. V., der damit u. a. die jährliche Veranstaltung „Mehr als eine warme Mahlzeit" finanziert. Hier sind beispielhaft einige der zahlreichen Porträts zu sehen. **www.charityonlineshop.de**

Danke.

„Auf Augenhöhe" konnte nur erscheinen, weil Sponsoren, ehrenamtliche und prominente Unterstützer sowie vor allem Hamburger Obdachlose und Bedürftige an das Projekt geglaubt haben. Ihnen danken wir dafür, dass dieses Herzensprojekt zu „10 Jahre mehr als eine warme Mahlzeit" realisiert werden konnte. Im Einzelnen sind der FRIENDS CUP Förderverein e.V. sowie die langjährigen Unterstützer, die REWE Markt GmbH mit Jens Timm, die Sparda-Bank Hamburg eG mit Vorstandsmitglied Stephan Liesegang, das Team der Fischauktionshalle Altona, ROCK ANTENNE Hamburg und die Hamburger Hochbahn AG, zu nennen. Die HanseMerkur Versicherungsgruppe hat Konzeption und Gesamterstellung des Geschichten-Bandes erst ermöglicht. Initiator, unermüdlicher Ideengeber und Motivator war Sven Flohr. Die Kommunikationsagentur Kähler & Kähler, vertreten durch Carsten Kähler und Alexandra P. Steinert, hielt die Buchproduktion auch bei schwerem Wetter immer auf Kurs. Carsten Kähler, der unter dem Künstlernamen Carlos Kella auch als Fotograf tätig und weit über Hamburg hinaus bekannt ist, porträtierte zudem die Protagonisten für das vorliegende Buch. Monika Kelting von der Obdachlosenhilfe des DRK Kreisverbandes Hamburg-Nordost e.V. öffnete die Herzen und überzeugte freundlich und beharrlich, ebenso wie Meike Lehmann von Hinz&Kunzt, die Porträtierten von der Teilnahme an dem Projekt. Britta Wilkens brachte die Geschichten der Prominenten zu Papier, Heinz-Gerhard Wilkens die der Obdachlosen. Der Bulgarische Honorar-Generalkonsul Prof. Dr. Gerd-Winand Imeyer ermöglichte über die Freistellung seiner Sekretärin Sofiya Raleva, dass ein Porträt mit Dolmetscherunterstützung stattfinden konnte. Das Herzstück von „Auf Augenhöhe" sind die Lebensgeschichten von drei Frauen und acht Männern, vor deren optimistischem Umgang mit ihren beschädigten Biografien wir den Hut ziehen: Dagmar, Elsa, Maria, Dennis, Ferenc, Hristo, Jan, Jens, Jürgen, Lemmy und Malte.

Und last not least sagen wir Danke für viele empathische und wertschätzende Beiträge von den alljährlich bei „Mehr als eine warme Mahlzeit" kellnernden prominenten Unterstützerinnen und Unterstützern: Fernanda Brandão, Katharina Fegebank, Rollo Fuhrmann, Eddy Kante, Lotto King Karl, John Langley, Linda Mürtz, Johannes Oerding, Sandra Quadflieg, Lou Richter und Peter Schuldt.

HanseMerkur

Sparda-Bank

REWE
Dein Markt

pm perfect media

Hinz&Kunzt
DAS HAMBURGER STRASSENMAGAZIN

Impressum

AUF AUGENHÖHE

ISBN 978-3943740-349

Herausgeber:
Sven Flohr

Verlag:
SWAY Books UG (haftungsbeschränkt)
Stockmeyerstraße 41–43 · D-20457 Hamburg
www.sway-books.de

Redaktion/Text/Projektleitung:
Heinz-Gerhard Wilkens, Britta Wilkens,
Sven Flohr, Carsten Kähler

Porträtfotografie:
Carlos Kella · www.carloskella.de

Layout/Satz/Produktionsabwicklung:
Kähler & Kähler KG · www.kaehler.de
Medienübergreifende Kommunikation seit 1994.

Lektorat:
Ute Hauswerth · www.hauswerth.de

Druckabwicklung:
Kreativ Druck & Medienagentur GmbH, Neumünster

Gedruckt in Deutschland.

FRIENDS CUP Förderverein e. V.

Obenhauptstraße 2 · 22335 Hamburg
E-Mail: verein@friendscup.de
Web: www.friendscup.de
Shop: www.charityonlineshop.de

Vorstand:
Jan-Philipp Kalla, Sven Flohr

Eintragung im Vereinsregister.
Registergericht: Hamburg · VR 23059
Steuernummer: 17/440/18192

Spendenkonto bei der Sparda-Bank Hamburg:
IBAN: DE29 2069 0500 0004 1750 00
Stichwort „FRIENDS CUP“

Bildnachweise:

Fotos Veranstaltungen „Mehr als eine warme Mahlzeit“:
Fotoatelier Dedic, Michaela Kuhn, Chips-Yong Jin Joo,
FRIENDS CUP Förderverein e. V., Sven Flohr

Fotos Bedürftige bei Interviews: Heinz-Gerhard Wilkens
Fotos Monika Kelting, DRK: Carlos Kella